密不透风

◎付旭东 著

群众出版社
·北京·

图书在版编目（CIP）数据

密不透风/付旭东著．—北京：群众出版社，2016.10

ISBN 978－7－5014－5578－2

Ⅰ.①密…　Ⅱ.①付…　Ⅲ.①短篇小说—小说集—中国—当代
Ⅳ.①I247.7

中国版本图书馆 CIP 数据核字（2016）第 228204 号

密不透风

付旭东　著

出版发行：群众出版社
地　　址：北京市西城区木樨地南里
邮政编码：100038
经　　销：新华书店
印　　刷：北京普瑞德印刷厂

版　　次：2016 年 11 月第 1 版
印　　次：2016 年 11 月第 1 次
印　　张：12
开　　本：787 毫米×1092 毫米　1/16
字　　数：146 千字

书　　号：ISBN 978－7－5014－5578－2
定　　价：42.00 元

网　　址：www.qzcbs.com
电子邮箱：qzcbs@sohu.com

营销中心电话：010－83903254
读者服务部电话（门市）：010－83903257
警官读者俱乐部电话（网购、邮购）：010－83903253
公安综合分社电话：010－83901870

每个人的心中都埋藏着一颗犯罪的种子

目录

画像

他坐在我对面，隔着一张桌子。

看上去二十七八岁，头发凌乱，面容憔悴，带着通宵审讯的痕迹。

他身旁有块展板，上面钉满嫌犯的画像和其被抓获之后的对比照片。

他瞟了一眼照片，又看了看面前的桌子，是张圆桌，而不是审讯室里的矩形桌子。当然，也看到了桌上的旅行包。

跟昨晚的审讯相比，他觉察到眼前的变化，包括坐在对面的我。

他知道我的身份。我是一名画像专家，带他进来的侦查员刚才介绍过。我想他是头一次听说。对于接下来会发生什么，他心里没底，不过不想表露出来。

我也知道他。一个专盯奥迪车下手的盗车嫌犯。他还有个同伙，在堵截的过程中溜掉了，侦查员正在展开排查和通缉，但没有这名同伙的照片——所以亟需一张摹拟肖像。

这就是他来这儿的原因。

紧张已经消退，脸上是一副无所谓的表情。他坐在那里漫不经心地打着哈欠，剩下的就是用挑战似的眼光看着我。

我们对峙着。人们常说眼睛是心灵的窗口，这话一点不假。我的目光掠过他稀疏的发际、眉间的一处伤疤、微微翕动的鼻孔及干枯皲裂的嘴角……然后又回到他的眼睛。里面是漠然和敌意，还有重压之下的坚守。

他移开视线，显得漫无目的。最终我们的目光还是交汇了，像被暗流旋起的两只小舟，极不情愿却又无法避免地触碰到一起。

“我想我们得谈谈。”我能看见玻璃门后面晃动的影子，时间在一分一秒地流逝，外面的侦查员有点急不可待了。

他抿了一下嘴角，露出几分不屑，好像在说：“我们？我们有什么好谈的，去你的！”

之后把脸侧向一旁，若无其事地朝向展板。

这是预料之中的情形。侦查员告诉我，他在昨晚的审讯中“油盐不进，连屁都没放一个”。这种嫌犯并不少见，他们信奉“坦白从宽，牢底坐穿”，他们把自己的嘴巴堵得严严实实的。

我看到那只旅行包——他的同伙在仓皇逃离时将它落在了车上。

也许可以从这里找条门路。

打开后，里面有几件衣服和一顶白色棒球帽。还有一只透明的洗漱包，装着一些洗漱用品，包括两支眼药水和一支剃须刀。

“他的东西？”

没有回应。

“法国鳄鱼T恤，我也有两件，只有像我们这样的中年人喜欢这种款式，端庄沉稳。你们就不一样了，紧跟潮流。”我往对方身上瞟了一眼，他穿了件黑色圆领T恤，胸前有醒目的骷髅纹饰。

没有理睬。

“你有多高？差不多一米七五吧。他比你稍稍矮一点，一米七二，或许一米七三。不过比你胖多了，弄不好有一百八十斤。”我在摆弄一条卡其色长裤，裤子的腰围和长度很能说明问题。但真正吸引我的是裤脚内侧，在那里我发现了些许鞋油印迹。

“经常穿咖啡色皮鞋。”我说。

棒球帽绣有“王子”的Logo，我试着戴在头顶，感觉很宽松。

“这顶帽子不适合椭圆脸或者像我这样的长方脸，”我把它取下来，用手指估算了一下头围，“他的脑袋偏圆。”

洗漱包里有两支眼药水。扁扁的天蓝色塑料瓶，功效是清润明目。显然是经常使用，其中的一支已经所剩无几。

“五行中眼属木，受制于肝，眼睛干涩说明肝火郁结，这种人皮肤粗糙暗淡，”我扬了一下眉毛，“长期熬夜会影响肝脏的休息，特别是这个年纪，可没有办法，他习惯了昼伏夜出。”

他似乎有些不耐烦，索性合上眼皮，像是在打盹——不过翘起的脚尖在微微摆动。

我看了看表，我想可以开工了，于是拿起画板，开始漫不经心地勾勒脸的轮廓。

很安静，只有笔尖划过纸张的唰唰声。

“圆脸，宽额头，浑圆的下巴，整张脸看上去有些臃肿。”

余光看去，对面的脚尖停了一下。

“一双疲惫的眼睛，有些浮肿，有明显的眼袋。”

依然安静。脚尖又恢复了摆动。这丝毫不会影响我的兴致，相反，我感觉渐入佳境。

“鼻子的形态可以根据鼻根至鼻尖的距离进行推断，”我用画笔简单测量了一下，“距离比较接近——这种距离只能产生低矮、扁平的鼻梁。其次是鼻头，这取决于面颊的宽度和饱满程度。他的鼻头肥大、鼻翼宽阔、鼻尖上挑，稍稍露出鼻孔。”

然后是嘴。这是我最感兴趣的地方。

我认为那支铁灰色剃须刀能够提供答案。事实上刚才我已经注意到：在它的背部，有一个用来调整胡须长度的按钮——被固定在5mm的刻度上。

“他有胡须。至于胡须的形状，一定符合他的品味和格调——他肯定留着标准的唇上须。他的下巴没有胡须，更不可能是络腮胡须。他是一个干练、力求整洁的人。”

经过精心修饰的胡须让画像一下子生动起来。

“嘴呢？我敢打赌——你根本想不起来，不信试试！”

这么说不无道理，人对相貌的观察和记忆具有选择性，注意力往往集中指向某个突出的重点，对其他部分则视而不见。相对而言，胡须远比嘴巴更能吸引人的眼球。

还有，对记忆中缺失的部分要依据相貌的关联性去构建。五官受面部起伏形态的影响，比如眼睛的外形是由眶骨及眉鼻之间的距离决定的，而嘴的形状则取决于上下颌。只有这样，当它们组合在一起时，这张脸才会协调统一。

“上唇外翻，下唇较厚。”对嘴巴的刻画只需寥寥几笔。无疑，鼻子和下巴的形态为我的推断提供了依据。

我把画板移至稍远的距离，眯起双眼审视着自己的作品。这种时候我总是很享受。

“还差那么一点——对了，是头发！”我说，“发型很重要，它能改变一张脸。”

摆动终于停了下来。对面的人先是欠了欠身体，随后微微睁开眼睛，朝这边瞟了一眼。

可惜他只能看到画板的背面。

我们的目光再次相遇。他很警惕，匆忙把视线移开。看得出，他很想知道画板上的内容。

“他没有头发，”我的声调很低沉，但很果断，听上去更像是一种宣判，“他是个光头。”

当我翻转画板向他展示我的作品时，他瞪大眼睛愣在那里。他的眼神给了我答案——正是我想要的答案。

他抿了一下嘴角，似乎想说点什么，我很期待，但最终他还是咽了回去。

“我怎么知道他是光头？如果没有猜错的话，你想搞清楚这个问题，好吧——”说完我把洗漱包轻轻推到他的面前，“里面的东西很齐全，包括香水，唯独没有洗发水。”我笑了一下，“因为他根本用不着。”

他的表情变得复杂起来，有点不安，有点烦躁，最后定格为愠怒，像被人耍了一样。他往地上干啐了一口，之后狠狠地看着我，似乎在表明一种态度——一种奉陪到底的态度。

我也看着他，从面部轮廓到眉眼，突然间冒出一个念头。

“你知道吗，你现在的样子……让我想起一张脸，”我找到了一点感觉，“是一张若干年以后的脸，一张衰老的脸。”

“你有点脱发，洗头的时候你可能已经觉察到这一点。你的发际线越来越模糊，额角渐渐稀疏。这反映出一种趋势——逐步谢顶的趋势。我能想象你头顶的变化，头发的脱落是从额角开始的，然后往上蔓延，直到头顶和枕部，最后变得浑圆光亮……”我朝他的脑门瞥了一眼，“看来是你的头发给了我启发。”

“现在你还年轻，皮肤光洁富有弹性，五官结构紧凑线条清晰。你的眼角和嘴角没有受到拉扯和挤压，颧骨和下颌单薄，脖颈看不到一点赘肉。不过随着时间推移，它们会悄悄地发生改变，这个过程很缓慢，但不会停止，有些变化你甚至无法觉察。”我接着说。

“随着皮下脂肪增厚，面部松弛，你的脸形会由方变圆。上眼皮变得浮肿，下眼睑形成眼袋，眼角也会耷拉下来……”说到这儿我把椅子挪近了一步，再次朝他举起画板，“等你到了这个年纪，你跟他——简直一模一样！”

“你的同伙，就是你的父亲！”我终于可以歇口气了。

他颓然地坐在那里，一动也不动。

“现在我才明白，为什么你死不开口。你想保护他——你的父亲——完全出于一种本能。”我放下画板，“尽管你什么都没说，不过我还是要对你说声‘谢谢’。”

他的眼眶变得湿润起来，之后弯下腰，把脸深深地埋进了双手……

轮回

我从睡梦中惊醒时，刀尖顶在脖子上。

床头的灯开着，我看到一张令人生畏的脸：鼻子又短又扁，络腮胡须犹如丛林里生命旺盛的野草，密密匝匝地分布在嘴的周围，一双灰褐色的小眼睛发出鹰一般的寒光。可能因为紧张或是兴奋，面部的肌肉不时抽搐着，露出一副似笑非笑的表情。

一张我不想看到的脸。

刀尖的位置有些刺疼。只要稍稍用劲，从脖子里喷出的血就会溅他满脸。这场景我见过。但现在还不到时候，我心里清楚。我知道他的意图，在没有达到目的之前，他还不至于让我一命呜呼。

即便这样，我还是浑身冒汗。我的眼珠子在这张脸和看不见的刀尖之间来回转动。

他用另一只手掀开被子，我胸前的纹身、裸露的私处和紧贴在身旁的砍刀全部暴露出来。那把砍刀足有两尺长。

他笑了，露出一口烂牙。“哈哈，兄弟，这次你又慢了一步……”他顺手抓起砍刀，“咣当”一声扔到墙角。

刀尖有意识地增加了压力，它的主人有些按捺不住了。夜很沉寂，但并不意味着可以浪费时间，一句话很快从他嘴里蹦了出来：“钱在哪里？”

我没有吭声。显然他知道会这样。我们知己知彼。

他扼住我的脖子，硬生生把我拖进洗手间。这么做无非是想给我点颜色看看。洗手间比房间更隐秘，不用担心会闹出什么动静。

整个过程我都很配合。他身强力壮，高出我半个脑袋，加上架在我脖子上的刀。反抗的意义不大，可以说毫无胜算。

洗手间很陈旧，是二十年前的风格。密不透风，四周没有一扇窗户。里面很狭小，除了浴缸、洗手池和马桶，没有太多回旋的余地。

他用手铐将我从背后铐住。不知道他从哪里搞到这玩意儿的，只能证明他早有预谋。手铐绕过靠墙的一根自来水管——我现在唯一能做的，是顺着水管向上或向下移动。我选择了后面一种做法，当手铐降到最低时，正好可以坐在地上，而且身体可以斜靠着一旁的马桶。尽管马桶的边沿有点硌人，但总比站着强。我又尝试着伸直双腿，让自己尽可能舒服一点。感觉还不错，如果没有匕首在眼前晃来晃去的话。

他没有阻拦，并不是出自宽容或者良心发现。毋庸置疑，这种姿势对他有利。如果我直挺挺地站着，我的双腿依然活动自如，会形成潜在的威胁。

没必要干傻事。即使能狠狠踢他一脚，倒霉的终归是我。

他蹲下来，用刀在我腿上比划。

“说，钱在哪里？”

“说了又怎样？说了就会放过我吗？”

他的脸又抽动了一下：“那得看我的心情。”

“反正都是死，干嘛要说呢？”

他僵硬地笑了一下，眼睛直勾勾地看着我。

刀尖沿着膝盖缓缓而上，带着一丝寒意，让人不禁泛起鸡皮疙瘩。我讨厌这种不疼不痒的滋味，倒不如直接捅上一刀，那样更痛快。

刀尖在大腿根部停了下来，忽然拐入内侧……我条件反射地并拢双腿，“别，别，不要!”

他又笑了，看上去很瘆人。

我的私处一阵冰凉。刀刃很锋利，只要猛地往上一挑——我不敢多想会是怎样的结果。

“……别，我说，我说还不行吗！”我的嘴皮子有点哆嗦。

他露出一丝得意。我又看到了一口烂牙。

“在哪里？”

“在……那里。”我朝他身后努努嘴，他回头看去，那里是浴缸——三面靠墙，一面贴着白色的瓷砖。在瓷砖底端，有个黑乎乎的洞口，是个检修口。

他的目光停留在那里。

之后他歪斜着瞟了我一眼，我懂他的意思，我连忙说：“没错，就在那个洞里。”

他朝浴缸挪了一步，伸出的手勉强能摸着洞口。

他不得不暂时从我这儿抽身，于是悻悻地说：“别跟老子耍花招！”随后，把刀从我裆部抽了出来。

他爬过去，朝洞里警惕地看了看，那里一片漆黑，什么也看不到。他似乎有点不放心，又凑到跟前，像狗一样嗅了嗅。我想除了潮湿发霉的味道以外他什么都没闻到。

他双膝跪地，然后探出左手——长度显然不够。换作是我，肯定会采用仰卧的姿势，这样左臂能完全伸进去，而腾出的右手依然可以持刀防卫。

他果然这样做了。

他不仅残忍，而且老奸巨猾。

不过，似乎有了麻烦。

从浴缸下面传来“咔嚓”一声——是金属碰撞发出的声音。

没错，就是这种声音，听起来干脆有力！

他的胳膊好像被什么东西卡住了。他想挣脱，咬着牙使劲往外拽。看上去没那么简单。他用眼睛瞪着我，眼里喷出的全是火！我都不敢看他，怕被这把火烧着……

一番折腾后，他脸上和脖子上全是汗，一半出于体力消耗，一半出于疼痛。

被带齿的铁夹子夹住手腕可不是什么好事。

他得歇会儿，看上去已经筋疲力尽，只剩右手还在坚持。那把刀还在有气无力地摇晃着。

间或朝我瞅瞅，好像在忿忿地说：“王八蛋竟然敢跟老子来这一手，有种！”

“是你逼的。”我想。这是事实。

“告诉我，里头是什么玩意儿？”

“捕野猪的夹子。我老家在山里，打小就玩这个。”

“王八蛋！待会儿老子活剐了你！”

“放心，没机会了，这玩意儿只会越来越紧。被它夹住就别想跑掉，连野猪都跑不掉，何况是人。”

“老子今天非杀了你不可！”

“省着点劲儿，你不知道野猪夹子的厉害啊，上面的铁齿很锋利，能扎破血管，如果是那样……呵呵，那就死定了。”

我们对峙着，气氛很沉闷。

局势顷刻间改变。尽管我被束缚着，但不再是待宰的羔羊。

他很恼火，因为稀里糊涂地丢掉了主动权。唯一的优势是那把匕首，于是抬手刺了过来。

我连忙缩起身子。事实上我始终在提防着，从他伸进洞口的一刻就不断地调整姿势，悄然拉开敌我之间的距离——先是收起两条腿，然后双手和脊背沿着水管顺势向上，直至脚后跟抵着屁股。所以当刀刺过来的时候，我实际上是蹲在那里。

我发现，即使是这样的距离也不能彻底摆脱危险，要不是及时躲闪，刀尖差点刺中膝盖！

他不肯罢休，相反紧咬着牙，艰难地向我靠近。不知什么时候我发现自己竟然站了起来，简直有些神奇，看来求生的本能让人无所不能。现在任凭怎样，他都奈何不了我，我紧贴着水管，跟刀尖保持着二十厘米的距离。

他接连刺过来，都是徒劳。这让他怒不可遏，像疯子一样胡乱挥舞着手里的刀！

这是白白浪费体力。意识到这点后他重新躺下，盘算着下一步该怎么办。

我也在盘算着。他的当务之急是如何摆脱夹子。如果他成功了，我肯定死得很惨——被百般折磨直到交出所有的钱。我的当务之急是摆脱身后的手铐，如果我成功了，他同样会死得很难看——我想起了外面的砍刀。

直挺挺地站着很累，趁着空档我换了换脚，也不敢大意，绷紧的弦只能松动一丁点儿。此刻机会均等，两个人都命悬一线，不知道谁能笑到最后。

既然到了这个份上，有些事情我还是想搞清楚。我问："阿强是你杀的？"

他没有回答。

"这么说，阿强的钱……也在你手上？"

他把视线从天花板上移过来："是的，我把他宰了。他憋不住了，一天也憋不住了，他出去花天酒地，用不了几天警察就会找上门来，到时候我们都得完蛋。"

"为什么杀我？也为钱？"

"呸！你个王八蛋也配分钱？下手的时候你在干什么？吓得连刀都拔不出

来，要不是老子手快，你现在还能睁着眼睛说话？跑的时候也一样，半天没看到人影，我跟阿强在摩托艇里等了五分钟……你他妈总比别人慢一拍！”

“我承认，我承认比你们慢一拍，我没杀过人，从没杀过人，我怕，只是害怕而已，那天我都吓尿了，尿了一裤裆……可是别忘了，点子都是我想出来的，假借毒品买卖把他们骗到趸船，钱到手后乘摩托艇过江……是我一步一步引他们上钩的。”

他只是哼了一下。

“阿强死得真惨，脸被戳得稀巴烂，被装进麻袋扔到化粪池里。我在认尸启事上看到他的照片，他的左膀子上文着一只九头鸟，是夏天我跟他一起去文的，那时他刚从牢里出来。我知道他是你杀的，只有你知道他在哪里，也知道他的钱藏在什么地方。你杀他纯粹是为了钱。事先我们就说好了，三个人平分，这很公平，可你杀了阿强，现在又想把我干掉，打算独吞……”

他动了一下，我不由自主地往后欠了欠身体。他就像一头用铁链拴起来的野兽，随时会发起攻击。

我听到浴缸底下有声音传出，是金属和水泥的碰撞声。

我知道他想干什么。我的心又悬了起来。

“你不会得逞的！”我诅咒说。这么说的时候连自己都觉得底气不足。

我承认我胆小。充其量只能算个小混混，连警察都认为我干不了大事。进局子是常事，不过从没蹲过班房，不像阿强，一进去就是四年。

他不停地动，一心想挣脱出来。

这是我最担心的事情。

浴盆底下“咯噔”响了一声，听上去有点不对劲，我的心提到了嗓子眼儿上……

果然，他露出一丝窃喜——他成功了！他使劲拽动手臂，身体一寸一寸地往外挪，不一会儿，整个上臂从里面挣脱出来！

我感到大难临头，嗓子一阵发干，像一口枯井……

他又咧嘴笑了。我又看到他嘴里的烂牙，魔鬼一般。

不过他的表情很快平复下来——他的手臂再次被卡住，似乎比之前更牢固，更难以摆脱。野猪夹子就是这样。

他懊恼不已，随后歪着脑袋朝这边看过来，我又看到了两团火。

他朝我扑了过来！

挣脱上臂后他离我更近了，以至第一刀就刺中了我的脚踝，随后是第二刀、第三刀……我不停地躲闪，或踮起一只脚，或双脚离地，像猴子一样蹿来蹿去。

我的脚和小腿很快鲜血淋漓。

他丝毫没有停下来的意思，反倒更加疯狂。也许因为看到了血。血不代表希望，但能够激发兽性。

好在我没有吓蒙，还有唯一的选择——马桶在眼前晃动，我铆足力气跳了上去。

我再次脱离了险境。谢天谢地。我长吁了一口气，继而惊喜地发现，如果侧着身子，还能稳稳当当地坐在水箱盖上。

现在，对面的人只能眼睁睁地看着我。他显得很沮丧。他差点就成功了。

他喘着粗气，偶尔露出痛苦的表情——夹子上的铁齿不仅牢固，而且很锋利。

我也好不到哪里去。伤口正在淌血，马桶里面一片殷红。我有点晕血，不敢往下看。

我突然想哭。“阿强准备买房子结婚，这你是知道的。我也一样，打算开个修理厂，老老实实地过日子。我们约好了，扎扎实实地干上一票，然后就此收手。我们干得不错，应该说非常圆满，每个人都分了一大笔钱，可你……竟然打起了歪主意！”我的声音有点走调，“阿强真蠢，我跟他从小玩到大，知道他脑袋简单，他说你在牢里帮过他，经常替他出头，要我把你当兄弟，其实我早就看出来了，你心狠手毒，跟我们不是一路人……”

“闭嘴！老子最讨厌叽叽歪歪！”他朝地上啐了一口。

“去你妈的，去死吧你！”到了这个份上，反倒不那么怕了。“今天你别想站着出去。我不是阿强，我才不像他那样傻！”

“给老子安静会儿！”他又扬起手里的刀。

“想杀我？来呀！”我嗤笑了一下。

“好吧，我们谈个条件。”他说。

“条件？什么条件？”我很警惕，他是个狡猾的家伙。

“我把手铐钥匙给你，你帮我把夹子打开，阿强的钱……我们二一添作五，怎么样？”

“阿强的钱？你让我拿阿强的钱？亏你想得出来！”听到这话我就来气，“他老爸老妈七十多岁了，就这么一个儿子，你杀了阿强，你让他们活不活？他女朋友怀了他的孩子，就要生了，你让她怎么活？”

他寻思了一下，又说：“那好，阿强的钱全都给你……你的钱我也不要了，这样总可以吧？”

“可以个屁！我的钱本来就是我的，凭什么给你！”我很气愤，“你杀了阿强，又想杀我……现在倒好，想跟我谈条件，你死了这份心吧！”

他没再说什么，只是一声不吭地望着天花板。鬼知道又在打什么主意。

我很快后悔起来。为什么不同意他的条件呢？只要打开手铐，主动权就在我的手里。我可以宰了他，为阿强报仇。当然，在那之前我要让他交出所有的钱！

我又慢了一拍。我真笨！

我想起四年前的那一幕。我在电玩城被人打了，出来给阿强打电话。他来了，一个人来的。对方有三个人，我们才两个，我说再喊几个人过来，他说不用。于是一场混战。中途有人倒下了，血流了一地。阿强动了刀子，他实在招架不住了。

眼前一片殷红，跟四年前的血没什么区别。

我有些恍惚了，眼皮上下打颤。

我闻到了烟味，是阿强。他一脸痞相，朝我脸上喷了一口烟，满是得意地说："明天去拿证。"

"靠，这么快，也不跟我商量商量。"

"跟你商量个屁，"又说，"你准备当干爹吧。"

"靠，这么快！"

我把烟从他嘴里抢过来，抽了一口，给呛住了……

迷迷糊糊睁开眼睛，才知道是在做梦。

果然闻到烟味。对面的人正在抽烟。刀放在一旁，还有烟和打火机。

"来一根？"他的语气很平和，听起来有点陌生。我发现他的脸色有些发白……

我懒得理他，把头故意撇向一边。不过很快我又朝他看去——准确地说是朝他的手上看去。他手上捏着一把闪闪发光的钥匙——手铐的钥匙。

"我想问你一个问题。"

"你说。"我的眼睛紧盯着那把钥匙。

"你是在父母身边长大的吗？"

"我是奶奶带大的，小时候父母在外头打工，他们很少回来，一年见不到几次，所以，我小时候基本上没人管。你呢？”

“我？呵呵，”他浅浅地笑了一下，“我是个孤儿。”

“孤儿？这么说，你父母死得很早？”

“哪里，我都不知道父母是谁。我生下来就被扔掉了，扔在江边的码头上。”

“后来呢？”

“一个老头儿把我捡回家。是个孤老头子，给江滩的露天仓库守夜……”

看来是个故事，我没有打断他。

“白天我在成堆的麻袋上爬来爬去，晚上跟他睡在一起，我喜欢把脑袋枕在他的肚皮上，软软的，很舒服，还能听见叽里咕噜的响声……”

说到这儿他接连喘了几口气，看上去有些累了。

“只是好景不长，我五岁那年，他死了。之后一个货车司机收留了我，他没有孩子，要我给他当儿子。他是个酒鬼，经常打我，下手很重，他老婆也打我，骂我是野种，养不了家。后来我跑了，还是回到码头，饥一餐饱一餐地过，中途被人领养了几次，时间都不长……”

他舔了舔发干的嘴唇。

“后来偷偷溜到客轮上，发现上面什么都有，很容易搞到吃的东西，面包、烧饼、包子，运气好的时候还能搞到罐头、香肠、巧克力，还有各种各样的水果。有回弄到几个又黑又圆的家伙，皮很厚，很硬，用手掰不开，就拿脚踩，踩了好几下才爹开，果肉是白色的，软软的，一点甜味都没有……最后我把它们全扔了，后来才知道这玩意儿叫山竹。还有回搞到一瓶漱口水，以为是饮料，咕噜咕噜一口喝下去，之后全吐了……”

他想笑，但没笑出来。

“长大后就没意思了，坐牢，出来，又进去，好日子全耗在里头了……”

“不太走运。”我说。

“是啊，我这辈子生下来就不走运，连爹妈都不知道是谁。也想过几天安稳日子，娶个老婆，生个孩子，可是做不到，怎么也做不到，”他叹口气又说，“不甘心呀，就这么……白白走了一遭。”

他的声音听上去有些异样。这时我发现，他的眼角竟然挂着一滴泪珠……

他突然转过脸来，问我：“你相信轮回吗？”

他的脸像纸一样白，

“轮回？”我说，“你指生和死？”

“是的，人死之后会转世投胎，生命又重新开始。”

“不清楚。我奶奶信佛，好像听她说过。”

“以前我不信这个，不过现在信了。”

我不懂他在说什么。现在我眼里只有那把钥匙。

“就在刚才，在来的路上，除了两旁的树，周围一片漆黑。车灯照不了多远，我看见一个反光的东西，靠在树旁，我停下车走过去。是个粉红色的包裹，里头是个婴儿，一个刚生下来的婴儿。

我有些犹豫。你知道，我还有重要的事情。我要赶到这儿，把钱拿到手，然后把你干掉，然后……带上所有的钱离开这座城市，跑得越远越好。

我转身回到车上，抽了一支烟……我很纠结，不过最后……还是鬼使神差地下了车，把包裹抱了上来。

你知道吗？我想起了我自己，也是这样被抛弃的，这孩子跟我有一样的命运，一模一样。”

他歇了一口气：“我想，今天晚上发生的事情，生……还有死，一切都是命中注定，这孩子……等一下你就会看到他，长得跟我很像，真的很像，我想……他就是我！”

之后，他一动不动地躺在那里，起初我以为他睡着了，直到他用微弱的声音说：“车停在楼下，钱……都在里面，帮我照顾他，好吗？”

“好的，”我点了点头，“我答应你。”

“拜托了……”说完他把钥匙扔了过来。

我手忙脚乱地打开手铐，之后凑到他跟前。他半睁着眼睛，已经停止了呼吸。

浴缸的边沿有明显的缝隙，我用手指抠进去，一把掀开，一股呛人的血腥味扑面而来。

显然，铁齿划破了他的手腕。

我跌跌撞撞回到房间。拉开窗帘，天已经泛着鱼肚白。

一辆面包车孤零零地停在下面，两位晨练的大妈在一旁指指点点，她们可能注意到什么了。

我得走了，赶在她们报警之前。我可不想比警察慢一拍……

晌午

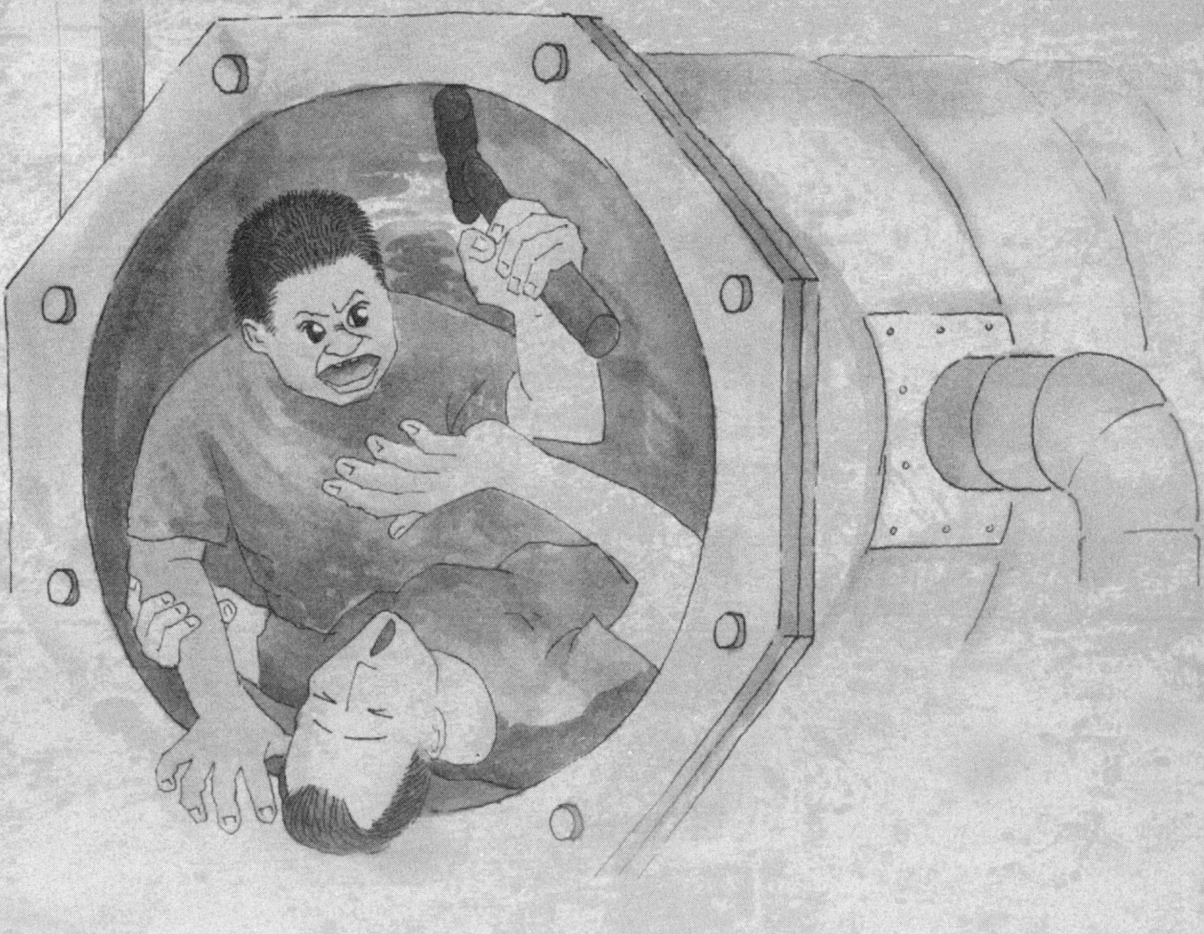

晌午时分，我跟大嘴沿着一条七弯八拐的管道爬到了通风口。这是一栋早已废弃的厂房，在炎炎烈日下一片死寂。

从这里可以清楚地看到对面的情况。对面是香槐旅馆，一家位置偏僻的廉价旅馆。

通风管很狭窄，两个人通过只能肩并肩挤在一起。搞不懂大嘴为什么会选择这个鬼地方。他很蠢，办起事来很少让我满意。

我感觉到轻微的抖动。管道里面锈迹斑斑，尽是灰尘和蜘蛛网，让人觉得它已不堪重负。很快我发现不是那么回事——是大嘴，他浑身在发抖。

“别怕！又不是要你杀人。”我瞪了他一眼。

他傻傻地点了点头，手里的奶头锤子却不停地颤抖着。这令我很心烦。

“蠢货！你能不能把它别在腰里!”我朝他吼了一句。

我们在等莎莎的出现，还有她的情人。

我要惩罚这对狗男女。

“婊子养的！”我骂的是莎莎。

莎莎是我的情妇。丰乳肥臀，是我喜欢的类型。我从牢里出来后就跟她好上了，算起来已有五六年的时间。她是个不错的女人，床上功夫了得，而且善解人意。最重要的是，还能帮我照看场子上的事情。

不过，这都已成为过去。自从另有新欢后，她开始胳膊肘往外拐。最近我才发现，我的大部分钱都被她卷走了。

她应该得到报应！

“强哥，她……会来吗？”大嘴额头上正在冒汗。也许因为紧张，也许是两个人挤在一起的原因。

“别问这种蠢问题，她一定会来，没有人比我更了解她！”这是事实。我知道她的生活轨迹，每个星期五的下午她都会外出，谎称去看姨妈。我后来查了，根本没有那回事。

她出去是为了跟情人幽会。想到这儿我就恨得牙根痒痒。

“你怎么知道……她会来这儿？”大嘴问。

“我当然知道。我在她包里发现了一把钥匙，上面有钥匙牌——香槐旅馆的钥匙牌。”说完我挪动了一下，腰间的匕首有点硌人。

我警惕地看着外面。

“记得有阵子……你说……要娶她当老婆。”大嘴没话找话，也许这样能让他放松一点。他说起话来总是吞吞吐吐——这跟性格有关，他是那种磨磨叽叽的人。

“不错，我说过。不过你也知道，那不是真的。我们这号人需要女人，但不需要老婆，老婆只会啰里啰唆、碍手碍脚，”我蹭了蹭鼻子，“是的，这婊子挺对我的胃口，而且很听话，让她干什么她就干什么，可是——你他妈问这干嘛？”

“也许……她是看不到希望……才会干出这种事情。”

“希望？我给她买房买车，把场子全部交给她来管，我对她比谁都信任，”我有些气不打一处来，“你知道吗，这叫背叛，这个婊子背叛了我！”

“我想她这么做……也许是有原因的。”

“放屁！有什么原因？唯一的原因是我对她太好、太信任！现在她竟然想带着钱跟别人远走高飞。想都别想！我不会让她得逞的！你知道那是我的钱，我的钱！”

大嘴不敢再说什么，他知道我已经怒火中烧。

“她没有任何理由这么做，这叫忘恩负义！你知道，是我给了她现在的一切！”我又说了一句。

半天我才平息下来。

我看了看表，按估算，她很快就会出现在旅馆门口。

对今天的行动我早有预谋：当莎莎进门后我跟大嘴从这里撤离，我们穿过马路走进旅馆，然后找到房间，我会掏出一把事先配好的钥匙，用它打开房门。

这时会出现两种情形。一种情形是：她的情人等候已久，他俩被堵在房间里，大嘴负责控制男的，由我对付莎莎。我要她交出银行卡和密码，之后诘问她为什么要这么做。我要用匕首在她脸上划一道长长的疤痕，让这婊子永远没脸见人！至于她的情人，当大嘴用锤子猛击他的膝盖时，他一定会发出撕心裂肺的喊叫——当然，他嘴上缠绕的胶带能有效地阻隔这种声音。

另一种情形是：她比情人先到一步，我跟大嘴将她牢牢控制住，然后守株待兔……

我摩挲着掏烟，顺带把口罩和手套拽了出来。为了避免日后被警方调查，我伪造了一系列不在场的证据，我可没少学这方面的知识。我想我的计划是周密的，谁也抓不到我的把柄。

大嘴毛手毛脚地给我点烟，手里的锤子差点砸到我的脸，我骂了一句。

本来我不想让他当我的帮手，他太蠢。不过我看中的是他的实诚，从不多说一句，这点我倒是很放心。我们是在牢里认识的，出来后他一直跟着我混。

我又看了看表，心里有些纳闷。

大嘴嘟囔着说：“我看……她不会来了。”

“不会，也许她正在附近停车呢，或者碰到什么熟人，只好耐着性子聊上几句。”

“可是……我还是有种预感。”

“预感？预感什么？”

“预感她不会来了。”

“蠢货！收起你的狗屁预感！你只是害怕了，害怕又回到该死的监狱！”

说完我瞟了他一下，他的脸色有些不对头。

“别担心，”我安慰说，“又不是去杀人，我们只是教训教训这对狗男女，我只想拿回属于我自己的钱！”

“可……可是强哥，现在……我下不了手，我真的下不了手……我求你了！”他近乎哽咽地说。

“行了！胆小如鼠的家伙！”我厉声说，“如果害怕的话为什么不早说呢？现在说这话太迟了！”

他失声抽泣起来，拿着锤子的手抖得更加厉害。

“你这个蠢货！”我简直气急败坏！如果他打退堂鼓，我的计划就全泡汤了，“现在没有退路，今天你干也得干，不干也得干！”

看来，只有用刀抵着他的脖子才肯就范！

我得吓唬吓唬这个笨蛋！

我试图拔出匕首，可手刚刚碰到刀柄，头上就重重地挨了一下，接着是第二下和第三下。

血顺着脸颊流下来，眼前一片暗红色。

“她不会来了！我说过她不会来了！”大嘴歇斯底里地嚷嚷了两声。

我挣扎着，徒劳地张大嘴巴。不过一句话也说不出来。

“她在停车场等我，我们约好在那里见面，然后离开这里，永远地离开这里……”他的声音听上去很陌生，跟之前判若两人。

我的喉咙咕噜了两下，血和痰堵住了我的气管。

“是的，你说得对，她很听话，让她干什么她就干什么，在你眼里她只是一件工具，仅此而已。这不是她想要的，她是个女人，尽管落入风尘，但她还是希望能过上正常人的生活，老老实实地嫁个人，安安稳稳地过日子。”他喘了口气，“我也一样，成天像狗一样被你呼来唤去，我已经受够了，不，我们已经受够了！”

他摸了摸我的口袋，从里面拿走了那把房间钥匙。

“这不是我的主意，可莎莎说得对，不杀死你我们就没法脱身。强哥，不要怪我们心狠，这都是你逼的！”说完他再次举起了锤子。

——这是致命的一击。

我已经面目全非了。尽管我的意识还没有完全丧失，但不会支撑很久。

我听见他窸窸窣窣地爬出管道，之后就什么也听不到了。

很快我就会死去。这个鬼地方是藏匿尸体的绝佳之处，现在我才明白当初他为什么选择这里。大嘴一点也不蠢。

不出半个月我就会变成一具风干的木乃伊，除了腰间的匕首之外身无一物。

即便被人发现，很明显——我是自己爬进来的。

至于为什么爬进来，就不得而知了。

发卡

现在是金秋，一年中最好的季节，树木葱郁，夹杂着朵朵耀眼的黄色、红色和酱紫色。从鸡公山半山腰远眺，天高云淡，晴空万里。

在这样的美景里心情自然大好。阿芸额头微微沁着汗，脸颊上泛着一片红晕。我们刚刚沿着山路徒步走上来，在这片开阔的岩石间小憩。

“太美了！”她喝了一口水，然后把水壶递给我，“真好，你看这里多安静呀，只有我们两个人。”她背着双肩包，一身游客打扮。

“这里是避暑胜地，不过现在是淡季，所以没什么人。”我也抿了一口，“听，山风吹过的声音。”

“我喜欢这里。”她脸上洋溢着幸福的微笑。

是的，我也喜欢这里。昨天，我们还在人头攒动的国际会展中心紧张地度过分分秒秒，时刻保持着十二分的警惕。所幸我们成功了，现在唯一要做的，是让绷得紧紧的弦慢慢地、慢慢地松懈下来。

登山包很沉，我把它卸了下来。里面全是露营装备，昨晚这些东西派上了大用场，我们在山脚下安营扎寨，度过了一个愉快的夜晚。我们坦露心声并且相互表白，重要的是，她把钥匙给了我。

她蹦蹦跳跳地朝不远的山坡走去，那儿盛开着一片黄灿灿的野菊花。

“当心点！”我喊了一句。

她是个活泼机灵的女孩。

一阵山风吹来，把我的思绪带到昨天——武汉国际会展中心。

人潮如织。中央的T台上是绚丽多姿的模特走秀，晶莹剔透的玻璃幕墙上闪烁着“2015武汉国际珠宝展”的醒目标识。离T台不远的展柜，属于一家知名的珠宝品牌，这里处于整个展区的中央。我身后就站着两名全副武装的保安。三名漂亮而热情的导购员向我推荐了几款钻石项链，我不感兴趣。我指了指一旁的独立展柜，里面摆放着十几颗钻石。她们给我拿来一颗白色钻石，通体透明，切工完美。我又选了一枚稍小一点的浅蓝色钻石，这时一名导购员把先前的白色钻石收起来准备放回展柜，我让她等等，我说我想比较一下。她有些犹豫，可能这样不符合规定，但最终还是按我说的做了，也许因为我的诚意，或者我手腕上的百达翡丽，以及手里的保时捷车钥匙。随后我又挑了一颗粉色钻石，导购员介绍说这是一枚彩钻，属于罕见的极品。当我用十倍放大镜仔细鉴赏三颗钻石时，一个女孩扑通摔倒在我脚下。我连忙将她扶起来，看样子是一名工作人员，穿着上白下黑的套装，胸前佩戴着证件。她手里的资料散落一地，她一边收拾资料一边充满歉意地对我说："对不起，我没有看到这只手提包。"那是我的手提包。我说："应该我说对不起，我不应该把它放在过道上。"她涨红了脸，摆摆手连声说："没关系没关系，怪我走路不小心。"

望着她匆匆离去的背影我喃喃地说："不错的女孩，非常可爱。"我又重新回到展台上。几分钟后我对漂亮的导购员说："非常不错的东西，不过我还想到别的地方逛一逛。"

四十分钟后我来到光谷购物广场，在一家户外用品店找到她。她换下了那套上白下黑的工作装，正在试穿一件紧身迷彩背心。她的身材匀称性感，周身散发着活力。

又过了四十分钟，我们已经紧紧地依偎在一起，在北上的列车里。从武昌站出发，第三站就是鸡公山，一处不算著名的风景区，位于鄂豫交界的大别山西麓。这儿离武汉很近，不到三个小时的车程，但隶属河南省，相对来说更安全。还有一点，我来过鸡公山多次，对这里很熟悉。

"货存好了吗？"我问她。

她懂我的意思，变戏法似地拎出一把钥匙，在我眼前晃荡了两下。是把细长的亮晶晶的钥匙，带钥匙环，上面挂着一块不锈钢钥匙牌。我知道，这是招商银行的保险箱钥匙。

我瞟了一眼钥匙牌上的钢印数字，一长串，看不太清楚。

“先输入密码，然后把钥匙插进去就行，很方便，你说呢？”她朝我眨巴一下眼睛。她是个机灵鬼。

事实上全部作案过程都是她设计的。在展会之前我们查阅了这家公司的资料，包括钻石名录，然后委托一家珠宝行复制了几枚样品，当然是赝品，人造材料的，不过几可乱真。在前天举行的开幕式上，她混入人群观察了这家公司的展台，确认有三颗——也就是我昨天挑选的那三颗钻石——存放在独立展柜里。昨天，当我装模作样挑选钻石的时候她故意摔倒，在我扭头的一瞬间，谁也没有发现一个细小的动作：我的衣袖顺势在玻璃台板上擦拭了一下，三颗钻戒随之晃动了……谁也不会想到，此刻钻石已经被我调包了。真正的钻石已落入我的右手手心。当我搀扶她时，钻石顺势滑入她的口袋。之后，她快步走向侧门，在一个僻静的角落更换了服装和发型，然后顺着电动扶梯来到一层的招商银行，这里开设保险箱业务。她打开提前预订的保险箱，把钻石放了进去。

整个过程就是这样，并不复杂。关键环节是，如何在瞬间将钻石调包。对常人来说这很难做到，但对于狂热的魔术爱好者来说，这只是小菜一碟。

细说起来，我跟阿芸是通过“异度空间”认识的，一个由魔术爱好者组成的微信群。里头的人不外乎两种，一是渴望成为魔术大师的妄想狂，另外则是江湖骗子。我跟阿芸无疑属于后者。她十三岁失身，十四岁开始流落街头。我从来没有问她干过什么，感觉她什么都干过。她说她今年二十六岁，我看顶多二十二岁，也许更小。我呢？上过三年大学，是所职业技术学院，之后做销售，从一个行业跨到另一个行业，就这样稀里糊涂混了几年，现在将近三十岁。我不想继续这么混下去，我想安定下来，干点具体的事情，自己当老板，哪怕是再小的老板。我不想打工了，那样永无出头之日。我认识了阿芸，我们一拍即合。

钥匙在我眼前晃来晃去，我伸手抓了一下，倏地不见了。

她做了一个鬼脸。

“把它收好，要不把它给我！”我烦她这样，这么变来变去我还真有点担心。

“才不！看把你急的，难道它比我还重要？”她嘟囔着说。最初我们只是搭档，但渐渐地，这种关系发生了变化。

“别弄丢了，”我降低了音调，“你就不能换个别的玩意儿吗？”

她冲我挤了挤眼睛，之后突然将粉粉的拳头伸过来，“猜猜，里面是什么？”

没待回答她就摊开手掌，是只玫瑰色的发卡。接着她把手掌翻过来，发卡像被粘住一样，纹丝不动。

我耸了耸眉毛。她就这个样子，爱搞怪，喜欢调皮捣蛋，我拿她没辙。

这都是昨天的事情，火车上的情景。

她朝我走过来，一脸的阳光灿烂。

她把一束野菊花插在我的登山包上，之后我们继续朝山顶进发。

昨晚，我们整夜缠绵。我们憧憬美好的未来，买房买车然后结婚生子。还要开一家夫妻店，卖各种各样稀奇古怪的魔术玩具。我们很有信心，因为我们有很多乐衷于此的朋友。简单估算了一下，三枚钻石出手后，足以应付所有的开销。

最后，当美好的蓝图规划完毕以后，她将钥匙郑重地放进我的口袋——冲锋衣外侧的口袋，紧贴着我的胸口。她的动作更像是一种仪式，我知道，她把她的一切都托付给了我。

抬眼望去，离山顶已经不远了。顶峰如金鸡报晓，鸡公山因此而得名。

在一个岔道口我停下来，这里有条杂草丛生的小路。

“好像就是这条路。”我说。

“从这儿可以去山顶吗？”

我摇了摇头：“通往天坑。”

“天坑？导游图上好像没有耶。”

“是的。看来一直没有开发。十年前我跟同学春游的时候来过，一个很大的天然坑洞。”

“你确信？”

我点了点头：“想去吗？”

“好哇，一定很有意思！”

随后是一段探险之旅。沿途荆棘密布，我们时走时停，不过感觉很刺激、很过瘾。

约摸半个小时以后，眼前豁然开朗。这里四面环山，中间是一个直径二十米左右的黑黢黢的洞口。

“哇，好漂亮，我们过去看一看！”她的好奇心又开始作怪了。

我牵着她的手，小心翼翼地朝洞口走去。

“简直……太神奇了！”她探起身子往里头瞄了几眼。

“当心点，”我紧紧抓住她伸给我的那只手，“这样很危险。”

“很深，什么都看不见，你能过来一点吗？”她轻轻拽了我的手，我往前挪了一步。这一步显然有些大，有些超乎她的预料。她趔趄了两下，试图找回平衡，不过没有成功，她本能地想抓住我，或者希望我能抓住她——这仅仅是一厢情愿，我看见她的两只手在半空中胡乱摆动，随后，她仰面坠落下去……

等一切归于平寂之后我沿原路返回。

她的确是个可爱的女孩，但我从来没有爱过她。是的，昨晚我言不由衷地说了很多话，那只是为了得到保险箱的钥匙。我能肯定，她不是我想要的那种女孩。我想要什么样的女孩呢？温柔贤惠、善解人意、懂得如何相夫教子？也许是吧。也许我根本没有认真思考过这个问题。再说一遍，她不是我想要的那种女孩。她太疯、太机灵、太有心计，如果跟她在一起，最终我会任由她摆布。

我不由自主地摸了摸胸前的口袋，或者说是那把钥匙。它在里面。很好。但我突然意识到什么，觉得有点不对头。我停下来，把它从口袋里掏出来。我看了看手里的东西，它不是钥匙，是只发卡，一只玫瑰色的发卡……

山风吹来，我的脑子一片空白……

命悬一线

从大本营出发不久，风凛冽起来。渐渐有雪花砸在雪镜上，砸在脸上。一切都变得混沌和缥缈。

缓慢迈步，调整呼吸，然后是无数次的重复。海拔在不断攀升，每迈出一步都要付出相应的努力。与此同时，意识也逐渐模糊起来。

此刻思维是停滞的，唯一能做的就是拽紧路绳，近乎机械地迈动脚步。

我在最后面。往前依次是小柯、大飞和阿也。作为队长，阿也始终走在最前面。

在一片斑驳的岩石地带，大家稍作休息，之后给鞋底装上冰爪。即将进入冰凌区，白天随阳光融化的雪水在夜晚凝冻成坚硬的盔甲，此刻变得光滑无比。在这种地段行走，你得万分小心。

进入坳口，风暴骤起，我们不得不蜷缩起身体，在短镐的帮助下一步步往前挪。除了冰雪的狂魔乱舞，什么也看不到，什么也听不到。

经过一段持续而漫长的上坡后，身体的疲劳几近极限。我想假如可以停下来的话，即便站着我也能睡着。

意外来得非常突然，来不及有任何反应。我根本不知道是如何跌倒的，然后顺着光滑陡峭的冰面往下滑落。毫无防备，甚至不觉得害怕，这得益于我当时的意识。我承认，当时我处于一种半梦半醒之间。

在即将坠入山崖的那一刻，是腰间的路绳让险情戛然而止。

缓过劲来我发觉自己命悬一线。更糟糕的是，在滑坠中我的短镐脱手了，我无法完成自救。现在，只能张开四肢将身体摊成大字型，以期获得最大的磨擦力，像一只仰面朝天的乌龟，渴望翻身却无可奈何。

我不敢动弹，包括喊叫。这样可能引发更为恶劣的连锁反应。我不知道能坚持多久。我的脑子一片混乱。

风暴裹挟着冰屑，周围一片昏暗。我的肢体开始麻木，渐渐失去知觉，内心的恐惧一阵盖过一阵……

直到一束光出现在不远处的坡顶。随后越来越亮，越来越近。

在相距两米远的地方，灯光停了下来——是阿也。他调整了锁扣，冲我做了一个手势。我明白他的意思，点头表示回应。

我很快感受到有股拖拽的力量，在将我有节奏地向上牵引。我知道即将脱离险境——因为阿也。我始终紧随其后，看着他竭尽全力地挥动短镐，一寸一寸地往上攀爬。

不知什么时候另外两束灯光也加入进来。有人把长镐递过来，我将它狠狠地扎入冰层，这才松了一口气。

就在此刻，我突然发现：阿也的身体呈现出瘫软的姿态，从斜上方徐徐滑落，而且越来越快！我本能地伸手想抓住他，但为时已晚——只是“嗖”的一下，就什么也看不见了。

与此同时，一股巨大的力量将我、小柯和大飞揉成一团。这是路绳受到突如其来的重力牵扯的结果。

现在，被路绳捆绑在斜坡上的三个人——跟悬挂在看不见的山崖下的那个人——构成了一种脆弱的、极不稳定的平衡关系。

“是谁的冰爪踩到我的胳膊了！”大飞叫嚷了一句。

“是我……我动不了。该死！我的腿被缠住了！”小柯说。

“能往外挪挪吗？你的背包顶在我喉咙上，我……我不能呼吸。”我说。

我们被盘根错节的路绳缠绕着，根本无法动弹。

“长镐在哪里？”小柯问。

“在我这儿。”我说。

“我们好像在往下滑。”小柯说。

“没错，我们在往下滑！”大飞说。

“我抓不住了……我快抓不住了！”我大声说。

“我们会掉下去的，天哪，我们会掉下去的！”大飞惊恐地喊叫着。

“别慌，把冰爪踩牢，还有短镐，得扎紧点儿！”相比之下小柯显得很镇定。

一阵慌乱之后，只能听到粗重而急促的喘息声。

“他怎么了，我完全没有注意到。”大飞说。

“他虚脱了，为了救东子，他耗尽了体能。”小柯说。

“是的，为了救我……”我略带哽咽地说。

“下面是什么？谁记得路上的标记？”大飞问。

“是一处悬崖。”小柯冷冷地说。

我听到大飞倒抽了一口气。

“他不会有事吧？”我问。

“他悬在空中，”小柯说，“好在有路绳，他不会掉下去。”

“不知道……他能坚持多久。”我说。

“也许他能爬上来，”大飞说，“他肯定能爬上来。”

“少废话，你当是攀岩？”小柯说，“他很可能处于昏迷状态，一点知觉都没有。”

“得想想办法，我们得把他救上来。”我说。

“救上来？说得容易，怎么救？”大飞说，“我们现在自身难保。”

“把长镐抓紧，东子，大飞说得对，我们现在自身难保。”小柯说，“如果继续下滑，我们都得完蛋。”

“鬼知道还能坚持多久！”大飞嘟囔着，“我们会死的，都会死的！”

我没说什么。我的牙齿正在上下打颤。

之后一阵沉默。

我们在美术学院号称“四大金刚”。除了出类拔萃的专业成绩，更令人引以为傲的是，我们组建了一支登山队。这个暑假，我们决定挑战玉珠峰。

冰屑劈头盖脸地打在脸上，让人睁不开眼。慌乱中我的雪镜也弄丢了。

“我们不应该来这个鬼地方，这本身就是一个错误，我们没爬过雪山。”是大飞的声音。尽管我们有十余次登山经验，但都不是雪山。

“登上珠峰是我们的梦想，要实现这个梦想，玉珠峰是必修课。”小柯说，“既然做出选择，就必须付出代价！”

“代价？难道要用生命作为代价吗？”大飞说。

“哼，我知道你早就想放弃了，”小柯轻蔑地说，“后悔了是吧？”

“是的，我不想死在这个鬼地方。”大飞说，“难道……难道你不怕死？”

“少废话，还没到死的时候，看你一副高大威猛的样子，其实就是个懦夫。前天晚上你跟阿也睡一起，你害怕了，想到今天要登顶你吓得屁滚尿流，你哭了，呵呵，想不到你竟然哭了，校队最高大最勇敢的前锋大飞竟然像个女人一样哭哭啼啼！别以为我没有听到，如果不是阿也一直鼓劲，你早就下山了，现在正躺在馨雅的怀里逍遥快活呢！”小柯说。

“是的，我害怕了，这是本能，人的本能。但我绝对不要阴谋诡计！”大飞说。

“谁要阴谋诡计了？你把话说清楚一点！”小柯说。

“掂掂你的背包就知道了。出发前你把重装备全部塞给阿也。你倒是轻松了，可是阿也得承受两倍的重量！”大飞说。

“说得没错，可是你们都看到了，这是他主动要求的。”小柯说。

“是的，作为队长，他只能这样，这是他的担当。而你不停地扯借口，一会儿说失眠一会儿说肚子痛，最后把东西全都塞进阿也的背包里。”大飞说，“如果不是背包太重，他根本不可能掉下去！”

他俩相互指责。我始终一言未发。一切因我而起，是我让大家身陷绝境。我充满自责。

就在这时，我隐隐约约听到一种声音，从山崖下面传来的声音，飘忽不定……

“是阿也，你们听，是阿也！”我说。

争吵的两个人安静下来。我们听了一会儿，什么也没有听见。这时，我感觉到脚下微微的松动，伴随着可怕的嘎吱嘎吱的声音——那是冰爪划破冰面的声音！我预感到大难临头，本能地抓紧镐柄，但无济于事，就像一捆朽木，我们不由自主地朝山崖，朝路绳拖拽的方向滑了下去……

“快停下来，我们要掉下去了！”大飞惊恐地喊叫着。

“稳住，想办法稳住！”小柯也慌乱地说，“长镐，把长镐扎进去！”

我拼尽力气想稳住长镐，但没有丝毫作用，镐尖在冰面跳跃着，发出刺耳的“吭哧吭哧”的声音。

“我没法让它停下来！”我几乎是哭丧着说。

这时有人喊到：“浅层！旁边有浅层！”

几乎刹那间，两只短镐和我手里的长镐不约而同地扎进一旁稍显黑暗的冰层。

终于停了下来。

谁也没有吱声。很清楚，危险并没有解除，相反，离悬崖越近，面临的危险越大……

东方微微透着光，天快要亮了。

“看来，只能待在这里看日出了。”小柯说。

“也许，这是最后一次看日出……”我说。

“我很害怕，真的很害怕……”大飞呜咽着说，“我不想死……我不想死在这里。”

“哭有什么用？”小柯说，“得想点办法，我们随时会掉下去。”

路绳颤抖了一下，拖拽的力量没有减弱，反倒变得更强。又传来冰爪划破冰面的嘎吱声……我本能地拔出长镐，然后高高扬起，铆足力气扎下去。

如同湍流中的朽木，在一块突出的碎石上侥幸搁浅。看似停留，不如说在等待——等待随时奔涌而来的激流。

“我们肯定会掉下去，”大飞用一种歇斯底里的语气说，“我们肯定会死，都会死！”

“我不想死……”我也哭了。

“现在不是哭的时候，”只有小柯依旧保持着镇定，“稳住，一定要稳住！”

话音未落，路绳又颤动了。令人崩溃的颤动。

“把长镐给我！”小柯说。

“你要……干什么？”我几近绝望，脑袋里空荡荡的，什么都没想。小柯的声音让我恢复了一点点清醒。

“快给我！”他厉声说。

我朝他看去，那双隐藏在镜片后面的眼睛掠过一丝寒光。

“不！”我缓缓地说。

“给我，不然大家都会死！”小柯冷冷地说。

“给他！”大飞似乎回过神来，“东子，快给他！”

“不！”我又说了一遍。我知道他们想干什么。我瞥了一眼长镐，镐背是锋利的刀刃。

“给他！你这个笨蛋，要不是你，我们不会死在这里！”大飞几乎是诅咒着说。

“你还没死！”我说。

“不砍断路绳，我们都得死！”大飞说。

“我们不能这么干！”我说。

“为什么？因为他救了你？简直太可笑了！”大飞说。

“我们不能丢下他！”我说。

“你感谢他，没错，可那是你们两个人的事，跟我没关系，我不想陪你们去送死！”大飞说。

我没有理会。

“我们救不了他，”小柯说，“只有砍断路绳我们才能活下来！”

“说什么也没用，我不会给你们的！”我说。

一只大手伸了过来，紧紧掐住我的脖子。我无法呼吸，唯一能动的地方是脚，于是狠狠地踢了过去。

小柯惨叫了一声，接着朝大飞吼道：“给我住手，把你的短镐抓紧！”

大飞迟疑着把手从我脖子上拿开了。之后又恍惚地说：“我们都会死，我们都会死……”

“把长镐给我！”小柯说，“大飞说得没错，不砍断路绳，我们都会死。”

“不，我不能……不能！”我哭了起来。

“这是唯一的选择。”小柯说。

“这是谋杀。”我说。

“这是自救。”小柯纠正说。

“阿也是学生会主席，你是副主席，你一直想取而代之，”我说，“马上要进行学生会换届选举，你暗地四处活动，使用一些不光彩的手段，请客送礼。最令人不齿的是，你还给学院纪委写举报信，说阿也利用职务之便玩弄学生会女干部，让人家怀孕打胎之类的。这纯粹是胡编乱造，想在关键的时候给别人泼脏水。所以，你只敢写匿名信，免得追查起来反倒要承担诬告的责任。”

“胡说！”小柯说。

“胡说？不要忘了前段时间我被抽调到学院纪委，我是无意之中看到那封信的，我一眼就认出是你的字迹。”我说，“你总是装出一副道貌岸然的样子，其实是个卑鄙的小人，你花在搞阴谋诡计上的时间比花在画室的时间要多得多，美院不需要你这种人，你应该去其他学院，最好是政治学院！”

一阵沉默。连大飞也停住了他的喃喃呓语。

“还有你！”我把头转向大飞，“作为校队前锋你风光无限，可你永远不是最耀眼最闪亮的那颗星星，它属于阿也。阿也是队长，无论球技还是人品你都跟他没法比。你嫉妒他，万分嫉妒！”

大飞侧着脸，一副死猪不怕开水烫的样子。

我接着说：“记得有次阿也外出的时候被人打伤吗？在医院躺了好几天，眉毛上还留下一道疤痕，其实你就是幕后的凶手。你经常跟社会上的混混搅在一起，吃喝嫖赌什么都来。你嫉妒阿也，那次阿也无缘无故被几个混混暴打，不用说我也知道是你干的，只有你能干出这种事，你这个人渣！”

“呵……呵呵，”大飞莫名其妙地笑了两声，然后不知所云地说，“都会死……呵呵……都会死！”

“也许你说得没错，”小柯不动声色地说，“可唯独没有说说你自己。”

“我？我怎么了？”我问。

“你跟阿也都想留校，可名额只有一个。”小柯说，“你的专业成绩的确很优秀，不过跟阿也比起来还是略逊一筹……更别谈在学院的影响力了。可你有关系，你叔叔是省教育厅副厅长，帮你达到目的并不是一件很难的事情。不过学院需要阿也这样的人。所有的人，包括院长，都希望留校的是阿也，而不是你！所以，不要以为你已经十拿九稳了！”

有人把长镐从我手里拽了过去——很轻地拽了过去。

我颓然看着镐尖从头顶高高地扬起，然后是一道弧线……

随后是路绳的反弹和跌落，还有失去束缚后陡然的轻松。

“奇怪，”大飞说，“还没有砍下去……绳子就断了。”

小柯摩挲着路绳的断口：“是他割断的。”

“他不想拖累我们。”我说。

眺望远方，太阳正冉冉升起，朝霞漫天……

雇主

在车厢门口我停了一下。七号软卧。没错，就是这里。

里面的人正在打电话，是个身形魁梧的中年男子。

“我上车了老婆，晚上九点到站……不用担心，对方都安排好了。你今天干嘛？去莉莉家？喔，还有小菁，好的好的，一定很开心……”显然是老婆的热线。

我在对面坐下来，环顾四周，没有其他乘客。

列车徐徐驶离站台。我掏出手机，浏览新闻资讯。

几分钟后我听到敲桌子的声音，抬头看去，对面的人正直勾勾地看着我。

“……有什么问题吗？”我问。

“是娜子派你来的吗？”他问。

“娜子？我不明白你的意思。”我说。

“居娜，我老婆。”他说。

“对不起，我没有听说过这个名字。”我说。

“别装蒜了！”他凑拢过来，“你叫杜天宇。”

我愣了一下。

“不信把车票拿出来！”他说。

“是的，我叫杜天宇。”我说。

“我查了我老婆的消费记录，她在同一时间用同一张银行卡订了两张车票，一张在我手上，”他说，“另外一张——在你的口袋里。”

我警惕地看着对方。

“快说，你是干什么的？”他问。

“为什么要回答这个问题？”我说。

“我猜你是私家侦探，是娜子派你来的。”他说。

“我得为雇主保密。”我说。

“你承认了，呵呵，”他狡黠地笑了，“看来我猜得没错，她让你来干什么？”

“我说过，我得为雇主保密。”我说。

“放屁！”他骂了一句，之后猛地拍了桌子，“我现在就可以报告乘警，你这是恶意跟踪！”

我没有回应。

他看上去有几分气恼，不过没有选择报警，而是不断地压制怒火。

“好吧，我们换一种方式，”稍稍平复后他说，“说说，她给了你多少？”

“对不起，我说过——”我说。

“别他妈废话！”他当即打断我的话，“快说，她给了你多少？”

“这不是钱的问题——”我解释说。

“少啰唆，”他又拍了一下桌子，“老子出双倍的价钱!”

“你……你这是不讲道理。”我说。

“放你妈的屁！你跟踪老子，还要老子跟你讲道理……”他几乎暴跳如雷，指着我的鼻尖说，“信不信老子把你扔下去！”

随后我看到了紧捏的拳头。看他这副模样，我只能选择闭上嘴巴。

过了一会儿，他突然冒出一句：“十万——我给你十万！”

“可是——”

“可是什么？”

“你老婆给了我二十万。”

“二十万？”他瞪大了眼睛，“她这婆娘简直疯了！”

说到这儿他站起身来，在车厢里来回踱起步子。

“我……我给你四十万！四十万，就这么定了！”他又补充说，“要签署一份协议……这是最终的价格，不能更改！”

这时他好像意识到什么，回头问我，“你还没有告诉我，她要你干什么？”

“她怀疑你包养情人，要我收集这方面的证据。”我说，“包括这次出差，她怀疑你不是为了生意上的事，而是陪情人度假。”

“看来……我没有猜错，”他忿忿地说，“她以前就干过一次，被我发现了。女人真的很蠢。我就想不透，这次出差为什么非要帮我订火车票……以前她从来不关心这种事情。我想问你，她这么做的目的是什么？”

“那就不清楚了。如果雇主不愿意讲，我们不会刨根问底。”我对我的新雇主说，“如果我们说定了，我想问……现在需要我干些什么？”

“什么都不用干，你可以滚了。”他朝我挥了挥手。

“——回去之后，我对你老婆说，这几天你一直忙于生意上的事情，是这样吗？”我问。

“对，就这么说。”看来他是个性格急躁、心直口快的人。

“可是，我无法拿出依据，我的意思是，我无法讲述细节。如果胡编乱造，或者跟你的口径存在差异，肯定会引起她的怀疑。”我说。

“那倒也是，”他摸了摸结实的下巴，“你的意思是——”

“——继续跟踪你。其实我们都不愿意这样，不管是跟踪还是被跟踪，但如果不这样的话，我们无法达成默契，”我说，“编造谎言的默契。”

“是啊。”他说。不过他又马上警觉起来，“编造谎言——凭什么这么说？”

“既然我们已经达成一致，就恕我直言了，”我说，“九号车厢的那位穿白色牛仔短裤的女孩子，想必就是你的情人。”

他迟疑地问：“你……怎么知道？”

“虽然是分头上车，但你们在站台上彼此看了一眼。在旁人看来只是不经意的一眼，在我看来，里面包含着很多意义……”我说。

“我说得没错，我们必须签署协议，一定得这样！”他恍然说道，“现在雇用你的人是我，而不是居娜。我可不想搬起石头砸自己的脚，明白吗？”

“明白。请相信我，我不会在你和你老婆之间颠来倒去。不管是立场，还是酬金。”我说。

“是吗？”他半信半疑地看着我。

“这是我们的规矩。”我说。

“很好，”他把双手插到裤兜里，用一种雇主般的口吻对我说，“看来都谈妥了，现在，去帮我办件事。”

“请吩咐。”我说。

“你跟刚才提到的那个女孩交换一下车厢。”他说。

“我懂你的意思。”我点头说。

随后我去了九号车厢。只有女孩一个人坐在里面。她是位长相可人、周身散发着活力的女孩，戴顶平檐编织礼帽，脖子上挂着一部莱卡相机。

“你好，你的朋友请你去七号车厢。”我说，“我们交换一下位置。”

“那太谢谢了！”她向我展示了灿烂的笑容——还有一对可爱的虎牙，然后拎上行李箱离开了。

车厢里很安静，空气中残留着淡淡的香水味道。我把门反锁了，然后掏出手机。

“出什么意外了吗？现在打电话干什么？”电话那头的声音听上去略有些紧张。

“没什么大不了的，不过的确是个意外。”我说。

“什么意外？你在哪里？说话方便吗？”对方连连问道。

“很方便，我现在一个人，在七号车厢。”我说。

“你……不是九号车厢吗？”她忐忑地问。

接下来我把刚才的经过跟对方复述了一遍。

“你不应该订火车票，你把事情搞砸了，不然我不会暴露。”我说。

“我……这是为了给你创造条件。”她说。

“完全没有必要。我知道该怎么做。请你注意，以后千万不要干这种弄巧成拙的事情。”我说。

“我知道了，”对方不无担忧地问，“下一步你准备怎么办？”

“他把我当成私家侦探，现在只能将计就计……请放心，我会完成任务的。”我说。

随后我挂了电话。

我是第一次来到这个海岛。岛上风光旖旎，美得醉人。最吸引眼球的，莫过于星罗棋布的蚝式客房，如珍珠般散落于碧波、礁石和椰林之中。

这里被誉为“情人的天堂”，游客无不出双入对相偎相依。唯独我形单影只，显得不太搭调。也正是这个原因，大多时候我选择待在房间里。

我的新雇主在干什么？这个问题并不重要。我们会保持距离。这是一种默契，正如我说过的，编造谎言的默契。

这个距离有时会很远，有时则很近。就像此刻，当我们在餐厅偶遇时，不过几米的距离。

他和女孩坐在靠窗的位置，谈笑自如。看上去他们心情大好。我呢，也许出于职业习惯，也许出于其他原因，独自坐在一个光线昏暗的拐角。从这个角度只能看到他的背影，不过正好能看到女孩的脸。看得出来，她是个性格外向、活泼可爱的女孩。

有一刻我发现女孩正朝我看过来。紧接着她对面的人也回过头来。

没错，他在向我招手。

我起身走过去。

“为什么不能坐在一起呢？”女孩指着旁边的一把椅子说，“这样多好。”

“这是我的安排，我不想……有其他人在一旁碍手碍脚。”他似乎在解释什么。

“听说你是他的助理，专门负责他的安全。”女孩冲我眨了眨眼睛，“听上去有点像保镖。”

“还是称助理吧，保镖太难听了。有时候他还帮我处理一些其他乱七八糟的事情。”他瞟了我一眼，“是吗？”

“是的是的，”我会意地点点头。之后用略带卑谦的口吻对女孩说，“你说得很对，其实就是保镖。”

“哇……你的工作一定很有意思哦！”她说。

“并不是这样，这是一份很枯燥的工作，要承担很大的责任。”我说。

“我懂了，就像刚才一样——一个人静静地待在角落里。难道这两天你一直这么跟着我们？昨天我不小心掉进水池你也看到了？真的太狼狈了！不过还好——它一点事都没有。”她瞥了一眼桌子上的莱卡，转而看着他，“可是，犯得着吗？我的意思是，度假的时候屁股后面跟着一个保镖？你觉得呢？”

“他就是干这个的——这是他的工作。”他说。

“我可不这么认为，除了摆谱之外还真想不出你这么干的目的。真是太low了，以致我怀疑——你是否干了什么亏心事，担心被人报复。”

“别瞎扯！我说过，他只是我的助理。”

“他刚才明明说是保镖！我不喜欢这样，我不喜欢这种感觉！让人浑身不自在！”她几乎脱口说道，“你知道吗，我甚至怀疑他是我老爸派来的！”

我跟他面面相觑。

“好了……要不我让他滚蛋，现在就离开海岛？”他问对方。这的确是他的本意。

“对不起，老板，我不能这么做，我的职责是保证您的绝对安全。在没有达到目的之前我是不会善罢甘休的。”我说。我的话绵里藏针。

“请不要用老板这种称呼——如果可以的话，”她打断我的话，“我们正在享受一个假期，一个轻松的假期。”

迟疑片刻他朝我递了一个眼神，“她说得对，还是叫我大遥吧。”

“你呢？你叫什么？”她冲我扬了扬眉毛。

“叫我阿杜好了。”我回答说。

“跟歌星同名，不过我觉得你比他更酷。你长得还真有点像保镖，也许保镖就应该是这个样子。”之后她向我伸出手说：“我叫洛洛。我觉得，倒不如三个人在一起，这样多好！ok——现在——我们是guys。”

“什么意思？”他问。

“好朋友啊。”她说。

“别瞎扯……”他嘟囔着说。

“这样不太好吧，”我连忙说，“我丝毫没有打搅二位的意思，我还是——”

“嘿嘿，你们两个，是不是男人嘛？”她皱了皱眉头说，“有没有搞错，我们是来度假的，好不好？”

“可这是我们两个人的事情。”他说。

“为什么不能是三个人呢？”她故意瞪大眼睛。

“三个人？你说他跟我们两个——”他说。

“不是他跟我们两个，是我们三个人——好不好？”她说。

“——好了好了，”他摆摆手说，“就这样了，我们三个人——在一起。说实话，我他妈也烦这样子！”

“太好了，”她显得很开心，举起酒杯说，“这一定会是个愉快的假期，非常期待哦！”

深入游览，我才发觉这座海岛远比想象中的要大。整个西线是宛如玉带的沙滩，连绵数十里。东面则群山环绕，逶迤灵秀，层峦叠嶂。

他俩放风筝的时候我缓缓地跟在后面，始终保持适中的距离。脚下的沙滩细腻柔软，泛着耀眼的银色光芒。毫不夸张地讲，这是我见过的最好的沙滩了。

风筝忽高忽低，总是一番左摇右晃，然后径直栽下来。不过丝毫没有影响他们的兴致。两个人嬉笑打闹，恣意地追逐……

海天一色，有一刻我有些恍惚了，直到看见洛洛朝我招手。

我从她手里接过风筝，发现背部的两根连接线长短不一，起不到平衡作用。简单调整后我让她重新托起，然后轻轻拽动手里的尼龙线，风筝“嗖”地飞上了蓝天。

我迎风奔跑，身后的风筝越飞越高。

我把线轴交给大遥的时候，他不紧不慢地说："就当没有那回事儿，你觉得呢？"

我懂这话的意思。

洛洛追了上来，一左一右挽住我们的胳膊，不无得意地说："说过嘛，三个人一块儿多好。"

我朝她看了看，她的嘴角挂着一丝顽皮。接着她突然用手拍了拍我的后脑勺说："你这个叫阿杜的家伙，难道就不会笑一下吗？难道跟好朋友在一起的时候也总是这么板着一张脸吗？"

她说得对。说实在的，我不记得自己什么时候笑过，也不记得有什么好朋友。

晚上当我躺在床上的时候眼前又浮现出这一幕。

当我们手挽手肩并肩在沙滩上漫步的时候，这种感觉几乎从未有过，真的很不赖——甚至说非常好！只是感觉有些不太对劲儿。至于什么地方不对劲儿，我也说不清楚……

我想起了居娜，大遥的老婆。我们从未谋面，只有为数不多的通话。她跟大遥结婚不到四年，两人都是第二次婚姻。近来她发现大遥移情别恋，在外面包养小三，甚至隐匿和转移属于夫妻双方的共同财产……算了，这剧情过于狗血。

居娜没见过洛洛，只是猜测对方肯定很年轻很漂亮。她没猜错。她猜洛洛看中的是大遥的钱而不是人。她说大遥"长得五大三粗像个农民工，鬼才喜欢他"。对此我不置可否。我对这些不感兴趣，我只要明白自己该干什么和怎么干就行，目的只是获得酬金。无关一个人的好坏或者对错。我从不问我的雇主"为什么要这样做"或者"这样做对不对"之类的问题。

我没想太多。我清楚此行的目的。把这个问题弄清楚后我很快就昏昏入睡了。

早上洛洛打来电话，约我去灯塔下的泳池游泳。昨天我们途经那里时，她被那里的地中海风情迷住了。

也许因为太早，除了我们三个，偌大的泳池里面只有屈指可数的几对游客。

我不太会游泳，只能用狗刨式勉强对付。这点很快被洛洛发现了，她立刻拉开好为人师的架势执意要教我，即使我再三推辞也不肯放过。我只好任由摆布。

她开始教我仰泳，要我做上踢下压的打腿动作。很快我就坚持不住了。

“歇会儿吧，一口也吃不出个胖子。”这么说的时候我只有出气没有进气。

“No！再做——”她伸出五根手指。

“五次？”

“五十次！”

等我爬上沙滩椅时浑身酸软，我问：“大遥呢？”

“好像接了一个电话，兴许他上了灯塔。”她擦了擦头发说，“没见过这种人，游泳也带着手机。手机只会给你添乱，特别是这样的假期。”

她把莱卡对准我，有意无意地乱拍了一通，边拍边说：“阿杜先生，看你这张脸，好像有满肚子的疑问。”

“没有呀，”我说，“我很好。”

“别骗人了，你的眼睛告诉我了，”她说，“你对我——跟大遥——感到好奇是吗？”

“这是你们的事。”我说，“我对别人的隐私不感兴趣。”

“Stupid！”她撅起嘴巴说，“我们的阿杜先生，为什么总要装成一本正经的样子？”

我懒得理她。

“知道吗，”她放下相机，然后一脸三八地说：“是我主动追他的。”

这倒出乎我的意料。

“我感觉你把我想象成另外一种人。”她说。

“什么人？”我问。

“被人包养的小情人。”她说。

“难道不是这样吗？”我问。

她嘴里正好叼着一根吸管，听我说完直接就喷了。

“去你的！我知道你会这么想。”她说，“你知道我们是怎样认识的吗？”

见我摇头，她接着说：“那还是冬天，晚上很冷，我参加了一个朋友的Party，还没结束就走了。我喝了不少。实际上我是边开车边喝酒。平时我滴酒不沾，可是，你知道那天我为什么会喝——我无意中看见我男朋友在小花园里——正在跟一个女孩子接吻！

天哪，我当时蒙了，我从没想到他会干出这种事情，他总说只会爱我一个人，其他任何人他看都不会看一眼。

我漫无目的地开车，直到醉得不省人事。醒来发现自己躺在病床上。医生告诉我，昨晚有个中年人把我送到这里。那人的头受伤了，满脸是血。

几天以后我找到这个家伙，也就是大遥。就诊记录上有他的电话号码。他的样子真狼狈，脑袋上绑着绷带，一只眼睛肿得像核桃。

这都是我的杰作。他看到我的时候我的车子正横在路肩。当时我趴在方向盘上，他想叫醒我，可我已经烂醉如泥。接着他想把我挪开，把车移到相对安全的位置。没想到刚刚抱住我——头上就重重地挨了一下。哈哈，他没有注意到我手里捏着一只酒瓶。

他当时很恼火，想报警，打算交给警察处理，但考虑到醉酒驾车所要承担的刑事责任——包括酒后伤人，他还是改变了主意。幸亏他没有报警，而是把我送到医院，要不我的驾照肯定会被吊销，或许会在拘留所待上几天。”

“兴许他救了你一命，你这样做非常危险，难保不出什么意外。”我说，“但这就是你爱上他的原因吗？”

“当然不是，这只是一个开始。刚开始觉得他很粗俗，后来发现他有很多可爱之处。”说到这里她冲我顽皮地眨了下眼睛，“这点你比我更清楚，因为你是他的保镖。”

“他在一个偏僻贫穷的小镇长大，初中没毕业就应征入伍了，复员后开始四处闯荡，摆过地摊当过保安，贴过小广告扛过煤气罐，后来开了一家制造拉链的小工厂，慢慢做大……

第一次见面的时候他竟然带我去了一家黑不溜秋的小面馆，那家的牛肉面真辣！我勉强尝了一点，但他吃得可带劲了，满头大汗，最后连汤都喝光了。他说这跟当兵的经历有关。他身上的确有股军人范儿，坦荡率真，直来直去，一点儿都不做作，也许这就是我为什么喜欢他的原因。”

“可是，”我说，“我觉得这种人很多啊！”我说的是实话。我也在农村长大，也当过兵，之后为了生活四处漂泊。我身边的很多人都有类似的经历。

“很多吗？”她有点不以为然，“可能我以前认识的人有些不一样吧。我初中毕业就到英国念书，然后进入一家非常有名的设计室工作，两年前才回国，开了自己的设计室。我认识的人怎么说呢，都是那种很谦和很绅士的样子，而他完全不同。事实上他更像一个男子汉，而且随着了解的不断加深，你会觉得他很可爱。跟他在一起感觉不错，很踏实、很有安全感。”

“你在英国念的书？”我问。

“是的，我学的是Environment Design——景观设计。”她说。

“这么说你家里一定很有钱？”我问。

她笑了笑说：“我老爸是一名成功的实业家，拥有的资产是大遥远远不能比的。应该说，我们两个人的事情跟金钱扯不上关系。”

“可是……恕我直言，我倒不觉得他有多么可爱。”

“也许，这只是每个人看人的眼光不同罢了，我认为男人最大的魅力在于大度、坦诚。而他就是这样的一个人。我不喜欢那种热衷于小情小调的男人，让人打不起精神。而且，我相信缘分，那天晚上他救了我，这就是缘分。”她说。

“缘分？可他是个已婚的男人。”我说。

“这我知道，我不会破坏他的婚姻。”她说。

“这么说你心甘情愿做他的情人？”我问。

“彼此彼此，我们都觉得这样挺好。你觉得有什么不对吗？每个人都可以用自己的态度去面对生活，我们有权作出选择。”她说。

“你想过以后吗？”我问。

“我只在乎现在。”她说。

看来我得重新认识对面的这个女孩。当然还有她的情人。他此刻远远地出现在我的视野里。他正在接听一个电话，来回地踱着步子，看上去是一个棘手的电话。

接下来的几天，我们的足迹遍布海岛。我们沿着古栈道探访世外桃源般的黎族村寨，之后深潜到海底参观沉船博物馆。还有殖民地时期的灯塔及独具特色的热带花市。这无疑是一个平静而且愉快的假期。三个人都很开心，特别是洛洛，她在大峡谷玩蹦极时被教练从高空推下来的样子令人记忆犹新——很容易让人联想到“灵魂出窍”这个词——有照片为证。

并非有惊无险。有天下午一阵大雨过后，天上出现一道美丽的彩虹。洛洛跑到外面咔嚓咔嚓狂拍起来，之后执意要去后山。她想拍一组彩虹映照下的海岛全貌。

我们选择的是一条被茂盛的热带植物遮掩的小路，狭窄而湿滑。大遥走在最前面，中间是洛洛，我紧随其后。快到半山腰时路况越来越差，大遥提醒大家当心点儿，话音未落就看见洛洛跌倒了，接着仰面朝天从斜上方滑下来，速度非常快，让人猝不及防。我本能地伸出手，一把拽住她的皮肤衣。她停了下来。我想幸亏我的另一只手紧握着一棵野茴香树的树干，要不然两个人都会掉下去。

大遥赶紧将洛洛从我手里解救出来。我们朝她滑落的地方看下去，不禁吓出一身冷汗——是一处陡峭的山谷。

只是她心爱的莱卡弄丢了。

这事过去以后，我能感觉到一些微妙的变化。拿大遥来说，他渐渐放下之前的敌意和戒备，相反，我们发现彼此有很多共同点，比如军旅生活和打拼的艰难，话题自然多了起来。

晚上我们喜欢来到海边，在沙滩上打发时光。点燃一堆小小的篝火，仰望满天繁星。

有天洛洛感慨地说："多么美啊，其实，每一颗星星都代表一个逝去的生命，如果那天我从山上掉下去，是不是也会变成其中的一颗……"

"瞎扯什么，就你这活蹦乱跳的样子，要死也轮不到你。"大遥没好气地说。

"大难不死必有后福。"我附和说。

洛洛这时说："不知道哪一颗是我妈妈……"

一阵沉默之后，她讲了她妈妈的故事。我这才知道洛洛的妈妈是一位画家，后来身患绝症，不堪病痛折磨自杀了。

"那部莱卡是我十五岁生日那天妈妈送给我的礼物——也是她送给我的最后的生日礼物。她要我用自己的眼光去看世界，去发现美的东西……"她不无忧伤地说。

"所以你一直带着它。"我说。

"是啊，每当看到它的时候，就感觉妈妈依然在我身边。"她说，"可惜，还是把它弄丢了。"

看我跟大遥发呆，她抓起一把沙子突然撒过来，引得一番追逐打闹。我们勾肩搭背拿手机玩自拍，或者一边喝酒一边胡乱哼唱。洛洛给我们的自拍照贴上"guys"的标签。于是我们为"guys"干杯……

没想到第二天竟然出现戏剧性的一幕。中午洛洛来到我的房间，她一屁股坐下来，然后撅着嘴巴说："这家伙天没亮就出去了，到现在还没回来。"

"不会有什么事吧？"我说，"这两天总看他打电话，搞得神秘兮兮的。"

"是啊，给他打电话也不接，以前从来不像这样子……"洛洛说。

“要不我们出去找找，”我警觉起来。除了跟洛洛相同的担忧，我还想到此行的目的——如果找不到大遥，就无法履行我跟雇主之间的合约。

我起身说：“走，我们去码头问一下。”

“码头？”她皱了眉头说，“不会吧？”

就在这时，一个人“嚯”地闯进来——不是别人，正是大遥。

我想只能用“目瞪口呆”来形容我跟洛洛的表情。

大遥铁塔般站在我们面前——不，更像是一棵大树——全身披挂着各种各样的攀岩装备，头上还戴着一顶用藤蔓编织的花环。最令人惊奇的是，他脖子上竟然挂着一部相机——是洛洛的莱卡！

我不想描述随后的场景，因为谁都想得出来。

大遥给洛洛戴上花环，然后将莱卡郑重地挂在她胸前。接着，他讲述了如何敲开户外用品店的大门、如何将绳索固定在一颗箭毒木的树干上、如何被茂密的荆棘划破胳膊、如何在齐腰深的草丛中找到莱卡……

之后，他突然傻傻地问了一句：“刚才……是谁要去码头？”

这家伙真有几分可爱。

我又想起沙滩上的情景。那天我展示了一套太极。起初仅仅为了满足洛洛的好奇心，让她领略一下传统武术的博大精妙，没想到大遥一见倾心，死缠着要我教他，还口口声声要拜我为师。我开始讲授一些基本要领，他挺有悟性，很快就能比画两招，后来这家伙竟然翘起了尾巴，仗着人高马大提出比试比试，结果可想而知——每次都被摔成夸张的“大”字形。

也许他只是为了逗乐。当他狼狈地爬起来嘴里不停地吐出沙子的时候，洛洛总会笑嘻嘻地亲吻他的脸颊。

游泳池里的训练计划仍在继续。在某个训练的间歇，当大遥躲在棕榈树下打电话的时候，洛洛冷不丁地问我：“你真的是保镖？”

我不假思索地说："那还有假。"

她用手掌狠狠地劈起一片水花，溅了我满脸。

"骗人！你根本不是什么保镖，你是别人派来的私家侦探，负责跟踪和监视我们。"她说。

我抹了抹脸说："他都跟你讲了？"

"你不应该骗我。"她说。

"这是大遥的主意，你知道的。"我说，"再说——我必须为雇主保守秘密，我们有协议。"

"可你违背了协议。你不仅出卖了雇主，并且打算欺骗对方，严格地讲，这是一种背叛。"她说，"对不起，他都告诉我了。"

"我的天！他不能这么干，我跟他也有协议，我们得相互保守秘密！这简直……简直是……"我气得说不出话来。

"能告诉我，你的雇主是谁？"她问。

听她这么问，我的心情稍稍好了一点——看来他还不至于兜底。

"不行，干这一行得讲规矩。我们也有职业操守。"我说。

"我才不想知道呢，damn it。"说完她扬起手臂朝对岸游去。

不知什么时候大遥回来了。他的表情有些不对劲，可能因为刚刚接到的那个电话。

"还好吧？"我问。

"不好！"他脸上带着几分愠怒，"我现在才搞明白，她为什么要跟踪我。"

我猜刚才的电话跟他老婆有关。

"她养了一个小白脸！"他说，"实话告诉你，遇到你之后，我也请了一个私家侦探，而且，很快发现了问题!

"她养了一个小白脸！"他又说了一遍，"你猜那个家伙多大？二十岁——

才二十岁！比我女儿还小一岁，真他妈扯淡！她给这小子买房买车，她简直疯了，这个婆娘已经疯了！这都是我的钱！她每天无所事事，不是打麻将就是逛街，现在倒好，竟然给老子戴绿帽子！

还有让你根本想不到的，这小子吸毒！听说娜子也好这一口。这下全完了——人要染上毒瘾就成了废物，不讲廉耻不讲感情，什么都不讲。这种人我见过。

刚开始我没有搞懂，这个婆娘为什么让你跟踪我。实际上……她早就盘算好了！”

“我想她是为了得到一些证据——假如离婚的话，可以分得更多的财产。”我插了一句。

“离婚……是的，之前我还没有考虑过这件事。我经历过一次，不想再折腾了。不过……看来还得再折腾一次。他妈的，没想到她竟然会这样，简直太可笑了。

当然，反过来讲我也有问题，不该跟洛洛来这一曲。不过我跟洛洛早就把丑话说在前头了，叫她不要干涉我的家庭。事实上她做到了。她不是那种女人。她跟娜子完全是两种类型的女人。”

大遥朝对面看去，洛洛正一边冲我们挥手，一边做着鬼脸。

他一边挥手一边压低声音说：“她还不知道这些，我不想让她搅进来。你暂时替我保密。”

假期很快就要结束了。

傍晚的海边，在一家颇具特色的洞穴酒吧痛饮几杯后，我们登上了一艘摩托艇，想最后疯狂一把。

这玩意儿我开过，加大油门，轻打方向，摩托艇劈波斩浪，海面上立即呈现出一道翻腾的弧线。

回头的刹那，我看见大遥和洛洛映照在夕阳下的脸，正凝视着远方，显得异常平静。时光稍纵即逝，明天就要结束旅程了，这是最后的机会——我猛打了方向。

随着天旋地转和一声闷响，周围旋即暗淡下来。我的脑子还算冷静，知道自己被倒扣在船舱里面，我得从下面绕出去，然后钻出水面……

可是，当我摆动双腿时感觉很不对劲——我的右脚被卡在某个狭小的地方，任凭怎么挣扎也无法摆脱。我一阵慌乱，海水随即呛进喉咙和胸腔，满脑子只剩下恐惧。

就在此刻，我感觉有人在用力拨动我的右腿，一下……两下……直到第三下才挣脱出来。随后我的身体被拖拽，然后是一个有力的托举，紧接着浮出水面。

我的意识还没有完全丧失。我看见大遥——是他将我解救出来。

他一个猛子再次钻入水中。

我想起洛洛。我瞟了一下四周，果然没有看到她的身影。

约摸一分钟后我看见大遥的脑袋窜出水面，深吸了一口气，又潜了下去。

有几艘摩托艇陆续驶来，陆续有人加入救援。几个穿制服的人将我转移到一艘救援艇上。

隐约听到有人说：“女的上来了！”

另外一个人说：“还有一个男的，继续搜救！”

之后就什么都不知道了。

最后看到大遥是在太平间。警察请我去确认尸体。

他躺在一个不锈钢台子上，面色很安详。

“他救了我。”我哽咽着说。

“他救了你们。”一旁的警官说，“他的行为令人感动和钦佩。把你救上来之后他又去救那个女孩。那个女孩受伤了，摩托艇倾覆的时候头部受到撞击，被救上来的时候处于昏迷状态。他耗尽了体力……很遗憾救援人员没能及时把他救上来，他们花了十多个小时才找到他的尸体。”

我踉跄着走出来，然后一步不停地朝海边走去……

我脑海里翻滚着那些支离破碎的场景：在大峡谷的铁索桥上，当洛洛被教练推下去，大遥不无担忧地从栏杆中探出身体时；当深潜至海底，大遥背后的氧气管阀门近在咫尺时；当我紧随大遥跨越灯塔上的阶梯的时候——我的手不由自主地颤抖——只需轻轻一推，或者关掉阀门，或者一个看似无意的碰撞——一切都大功告成。

现在，他死了，没必要再隐瞒什么。我的雇主的确是居娜，但我的任务不是跟踪，而是谋杀！

我不是什么私家侦探。我是一名杀手。

我浪费了好几次机会。也许我想得太多，每当我想到我们手挽手在海边漫步，还有自拍照片上的“guys”的时候，我几度伸出的手又缩了回来。

不过我的理智最终战胜了情感。我很清楚此行的目的。我不能违反约定，不想给我的杀手生涯留下一次败笔。第二天就要离开海岛，我不能错过最后的机会！

在他俩毫无防备的时候我猛打方向——这样做非常危险，也可能危及我的生命。但我有八成把握。我在湖区长大，打小就是潜水摸鱼的一把好手。不过我挺会装，洛洛教我游泳时我其实在暗自发笑。

我确信我能完成自救。不仅如此我还会奋力营救洛洛。这让我看上去更像一名舍己救人的勇士，也足以消除一切可能的怀疑。

没想到的是——当摩托艇倾覆的时候我被卡在里面。之后，危急时分，是大遥——我谋杀的对象救了我。

我达到了目的。但无法面对这样的结局。我干了什么？竟然杀死了自己的救命恩人——简直太荒唐了！

昨晚，我接到居娜的电话。

“情况怎么样？”她问。

“他死了。”我说。

“知道了。我会遵守合约，把剩下的一百五十万打到你账上。”接着又说，“我想另付300万，和他一起的那个女孩我也不想见到！你懂我的意思吧？”

我感觉有股甜腥味儿窜到嘴里，全身骤然泛起寒意。

电话那头传来居娜“喂喂”的声音……

挂断电话后我去了医院。

在一间病房里我看到了洛洛，她的额头上缠着纱布。

她正在摆弄手里的莱卡。她抬头看了看我——用一种陌生的眼光。不过很快被疑惑和惊喜取代。

她快步来到我的身边，举起相机说：“你就是照片上的这个人！”

我看了看照片，是张合影。照片上我跟大遥把洛洛夹在中间。我在扮鬼脸使劲往外吐舌头，大遥双手竖在脑后装牛魔王，洛洛嘟着小嘴扮萌……

“我们肯定认识哦。”她有点古灵精怪地说。

“当然，我们是好朋友。”我说。

“好朋友？We are guys？”她笑着说。

“对，We are guys!”我说。

“可是……他呢？”她指了指照片右侧的那个人，“他怎么没来？”

“他……”我一时想不出怎样回答。

“他已经走了……已经离开海岛了是吗？”她问。

“是的，他离开海岛了。”

“好遗憾……”她喃喃地说，“也许……还能见到他……”

有护士推车进来，我出去了。门口碰到医生，医生说洛洛是暂时的创伤性失忆，经过治疗短期就能恢复。

之后，我在走廊上来回踱着步子，盘算着如何应对洛洛的提问。

等我回到病房时她已经睡了。房间里面很安静，只有墙上的电视还开着。

我轻轻地走到床头。她双眼微闭，在药物的作用下沉沉睡去。我缓缓地伸出手——越过脸颊和发梢，直到白皙纤细的脖颈——稍作停留后，我抓起枕边的遥控器。

准备关掉电视时我被一则新闻吸引了。里面正断断续续地播报：“……今天早上死者的妻子居女士已经抵达海岛，见到丈夫遗体后抚尸痛哭几度昏厥，见者无不唏嘘……死者的其他亲属也将陆续赶到，丽岛酒店已经做好接待准备……明天请关注本台对此事件的后续报道。”

很精彩。

我关掉电视，转身离开了房间。

我没有猜错的话，明天的后续报道一定更精彩：“……就在昨晚，居女士从丽岛酒店顶层纵身跳下，当场殒命……据一位陪护的亲友讲，凌晨时分居女士以接听电话为由独自离开房间，随即失联……警方勘验现场后确认系自杀。”

这次的雇主是谁，也许只有我知道。

想到这儿，我的嘴角竟然浮现出一丝微笑……

永远完成不了的作品

早晨我被窗台上灰椋鸟的叫声吵醒。

窗外竹林葱郁，青翠欲滴。

一缕阳光穿过斑驳的窗棂，映照在可儿雪白的胴体上，让那条起伏的曲线看上去更加动人。

她在熟睡，猫儿一样蜷缩着。

我用指背轻抚着她的脸。从紧致的额、瘦削的面颊，到大理石般雕琢的下巴和脖颈……每当此刻，感觉如梦如幻。

她颤抖了一下，放在我胸前的那只手忽然握紧……她在做梦。她一定梦到了什么，否则不会如此焦虑不安。

近来她有些反常，半夜经常被噩梦惊醒，叫着“云儿”的名字。 云儿是她的孪生妹妹，两年前离家出走后一直杳无音讯。

“她没事的，她只是不想跟你们联系罢了，也许现在正在三亚的海滩上晒太阳，或者躲在拉萨的某个小酒吧里潜心创作呢！”我只能这样安慰她。我说的“你们”指的是可儿和她的爸爸妈妈。云儿从小生就一副叛逆的性格，她想当一名诗人，一名仗剑走天涯的行吟诗人。这与父母给予她的人生规划大相径庭，当初正是这个原因造成了云儿跟这个家庭的决裂。

这都是听可儿说的。虽说是孪生姐妹，她们的性格似乎代表着两个不同的极端，一个桀骜不驯，一个静若处子。

但这并没有影响她们的手足之情。“不知道她在哪里……”可儿每次这么说的时候，脸上都带着淡淡的忧伤。

我只能宽慰，但似乎没什么作用，她的内心始终被隐隐的不安占据。起初我并没在意，认为这仅仅是人之常情，直到最近几天，她的情绪急转直下，时而狂躁时而抑郁，常常独自抽噎或者喃喃呓语……

她的呼吸变得急促起来，鼻尖渗着汗。

“我看到她了！”她突然坐起身来，用惊恐的眼睛看着我，“她就在那里……她就在那里！”

她用手指着外面。外面是我的画室。

“那只是一幅画。”说完我把她搂在怀里。

“她坐在那里……可是已经死了，她已经死了！”她紧紧地抱着我，指尖几乎嵌入我的身体。

“那只是一幅画。”我重复了一遍。

那是一幅大尺寸马赛克作品，镶嵌在画室正中央的墙壁上。

先前这是一个深入墙体的空间，母亲在世时用来摆放佛龛，后来我用一块画板将它封堵了，在上面绘制了这幅画。

画面上是一个端坐于明代圈椅上的年轻女孩。一袭绿色长裙，长发披在身后，平整的刘海完全遮住额头。肌肤白皙——为了表达这种质感我使用了纯色贝母材料，这让肌肤看上去更加温润、光滑，当你用手去触摸时，这种感觉实在妙不可言！

女孩恬静安娴，睁大的双眼略显空洞，但微微上翘的鼻尖和上唇依然难掩内心的微澜细漪……

我的画室不乏其他作品，唯独这幅画——似乎具有某种魔力，让看到它的人无不长久驻足。他们都会被它吸引——准确地说，被画中的女孩所吸引。

记得可儿第一眼看到它，就长久地愣在那里。她缓缓伸出手，抚摸着用不同材料构成的凸凹不平的表面，湛蓝的石英、粉红的云母及褐色的琉璃……她的手指滑过脖子上的项链，最终停留在一枚用石榴石打磨的鸡心项坠上。

当时屋里只有我们两个。作为一名马赛克艺术家，我的画室经常有人造访，那天春雨绵绵，她是唯一的访客。

我正在打磨华表。这个柱状的大家伙高达两米，以致我的创作常常是站在椅子上进行的。华表通体将镶嵌数十种马赛克材料，最终看上去流光溢彩、精彩绝伦。我准备用它参选本年度的“全国工艺美术大师赛”，所以费了不少心思。

不知道她是什么时候进来的。当我看到她的时候，她就站在那幅画前。我只能看到她的背影。奇怪，如此的熟悉……

“不可思议，太不可思议了……”她喃喃地说。

我朝她走近。当她缓缓转过身来，我顿时张大了嘴巴。我想，用“瞠目结舌”来形容我当时的表情是再好不过了。

她跟画中的女孩毫无二致！这还不算，当我把视线转向她的胸口——不由地倒抽了一口凉气！

一枚同样的鸡心项坠！相同的形状，相同的色泽。

我心里一阵发怵。

“你以前见过我吗？”她问。

我连连摇头，就像见到鬼一样。

“这太神奇了，不是吗？”她接着问道。

“是的……简直……”我的舌头也哆嗦起来。

“能告诉我，画中的人是谁？”

“这……只是一幅画而已。”

“画中的人——完全出自于你的想象？”

“完全来源于灵感，就是这样。”

“简直令人难以置信，”她犹疑地说，“这是不可能的。”

“我也有同感，这的确有点令人难以置信。”

“不——你可能受到某个形象的影响，比如某个模特儿，或者身边的某个人，哪怕是曾经见到过的一幅肖像。”她用一种奇怪的眼神看着我，像在审视，“我想问你，这只是某个灵感闪现的结果吗？”

她已经平复下来，倒是我还如坠云雾。

“她始终在我的脑海里，像一幅清晰的头脑意象。我不想解释为一时的灵感，不是这样的……我的意思是……”我有些语无伦次，“我以为她只会出现在梦中，但现在……显然不是。”

“我还是无法理解。”她缓缓地摇了摇头。

“我也一样。不敢相信……这是真的。”的确是这样。

“你见过云儿？”她问。

我一脸茫然。

“是我妹妹，”她回头看了看那幅画，“我们是孪生姐妹。”

“原来如此，”我现在感觉好多了，“有机会的话，倒是非常想见见她。”

听我这么说，她露出了浅浅的笑：“你还是没有告诉我——画中的人到底是谁。”

“这根本不用我来回答，”我静静地看着她，她的眼睛如此清澈透明，“如果非要回答这个问题，我只能说，她就是你。”

她又昏昏睡去，鼻息均匀。

屋里恢复了安静。

有个东西在微微发亮，我欠起身体，越过她的肩头，从枕边轻轻拽了过来……

晶莹剔透，散发着幽暗的光。可儿告诉我，这是十岁生日时外公送给她和云儿的礼物，两枚完全一样的项坠。

“是红宝石。”我说。

“不，是石榴石，不过很像红宝石。”她说。

我蹑手蹑脚地下床，穿过房门，接着继续向前走去。

她端坐在那里，用空洞的眼神看着我。双唇微微张开，似乎想诉说什么。我甚至觉察到她嘴角的翕动。

“云儿，是你吗？”很难分辨是谁的声音，是我？不，我想是可儿——是可儿的声音！

就在几天前，当我夜半醒来，身旁空无一人。我隐约听见有人在说话，时而低浅，时而急促，起初以为是幻觉，细听才知道是可儿……

我循声找到她，那里透着月光，她一动不动地站在那幅画前。

“为什么不来看我，或者给我打电话？”她自言自语。

停顿片刻又说：“不，不要这样，他们早就原谅你了，他们很后悔，他们其实非常爱你，每天都在盼你回来……”

她把画中的女孩当成了云儿。

“你为什么坐在这儿？你来过这里？是的，你肯定来过这里！”

一阵死寂。

“不要拿这种谎话来骗我！你没走，根本就没走，你就在这里！”

她浑身颤抖着。

“我怎么知道？我闻到了你的味道，这画上有你的味道……现在我还能闻到。”她轻声抽泣，“你回来好吗？我爱你，我们都爱你。我每天都会梦见你，云儿，我做了噩梦……梦见你已经死了，披头散发，坐在椅子上。”

“这是你的东西，”她把手缓缓伸向那幅画，“它怎么在这里？”

那枚鸡心项坠隐隐地散发着幽光……

上半夜可儿一直心绪不宁。这无疑是一种折磨，当然，我也好不到哪里去。我不想任其发展下去，明天得带她去看医生。

下半夜我睡得很沉，我真的累了。

不知什么时候我突然醒了——被一声撕心裂肺的惨叫惊醒。我摸摸身旁，空荡荡的，立马爬下床，跌撞着冲了出去。

我打开灯。画室的门敞开着，里面没有人影。

华表巍然矗立着，精心镶嵌的柱头可谓美轮美奂，只是柱体依然裸露着。它的旁边，堆放着马赛克材料的桌子还在吱呀作响，一盘水晶珠子被打翻，叮叮当当散落一地。

大师赛已经结束了，作品却没有完工。在深感遗憾的同时我不得不归咎于可儿令人堪忧的近况。我必须抽出很多的时间去照顾她。

我朝那幅画走去。

眼下，它更像一扇摇摇欲坠的地狱之门。原本是一块画板，被我牢牢地钉在墙上，现在，它被无情地撬开了……

地上有把弯曲变形的锉刀，锉口粘着木屑。很清楚是怎么回事。

一股腐臭的味道。在长久地淤积之后，终于释放了。这味道怪怪的，隐约夹杂着香水味——当初为了遮盖异味，我把一整瓶香水喷洒在里面。

画的背后，一具干瘪、萎缩的尸体斜靠在圈椅上，面目模糊，被披散的长发遮盖着……

是云儿吗？不，不是，肯定不是！你是那么美丽，那么活泼可爱，让我爱得死去活来，爱得不顾一切！

一个偶然的机会你看到我的个人网站，然后我们就结识了。你对我的艺术创作很感兴趣。不过，我相信，你闯入我的生活跟离家出走也有关系，起码有一半的关系。

我们热恋了。不难想象执着的艺术家和狂放的诗人是如何坠入情网的，我们的思想交融、碰撞在一起，不断迸发出火花，我们坚信是彼此的一部分。我们享受着炽热的爱情，醉心于各自的创作。可惜，爱如潮水，来得快去得也很快。在最后的那段日子里，你指责我的庸俗和功利，对我的艺术风格也嗤之以鼻。

你开始打点行囊，一声也不吭，仿佛没有我的存在。而我，只能苦苦哀求，甚至毫无尊严地跪在你身旁，希望你能回心转意。我哭着说没有你我无法活下去……

当她戴上项链决然转身的那一刻，我扑了上去。

云儿，你属于我，不应该属于其他任何人。

你是那么美，你的美是永恒的。

你是我的，将永远陪伴我，永远。

可儿呢？她哪儿去了？

当我第一眼看到她的时候我简直吓坏了！云儿从未说过她有一个孪生姐姐。

她跟云儿长得太像了，雪白的肌肤，清晰可辨的眉和水晶般透明的眼睛。如果把云儿比作一支玫瑰，她更像一束淡雅的百合。如果把云儿比作一杯让人迷醉的红酒，那她恰似一泓透彻清凉的山泉。

很快我就被她迷住了，不管是枕边的呢喃，还是山间的小憩，无不让人感觉到内心的平静和安宁，这恰恰是我最渴望得到的。我觉得她更适合自己，请相信我，我并不是那种容易移情别恋的人。

一阵恍惚后，我想我得做点什么。我的房子离最近的居民区有两里路，天还没有放亮，她跑不了多远。

我朝大门走去，没走两步就重重地跌了一跤。是该死的水晶珠子！

我想站起来，可水晶珠子依然纠缠，又再一次跌倒。等抬头时，我看见华表正在摇晃着——这才意识到，在倒地的一瞬间我的脚不小心踹到了基座。柱头的造型过于繁复，镶嵌马赛克材料后更是头重脚轻。现在，犹如一棵被砍伐的大树，这个笨拙的家伙闷声不响地倒下来，可怕的是——正朝我身处的方向！

我最后的记忆定格在晶莹剔透的柱头上——很遗憾，它是一件永远完成不了的作品。

天快亮了，灰椋鸟又会飞到窗前，它们可以尽情歌唱，再不用担心会吵醒谁……

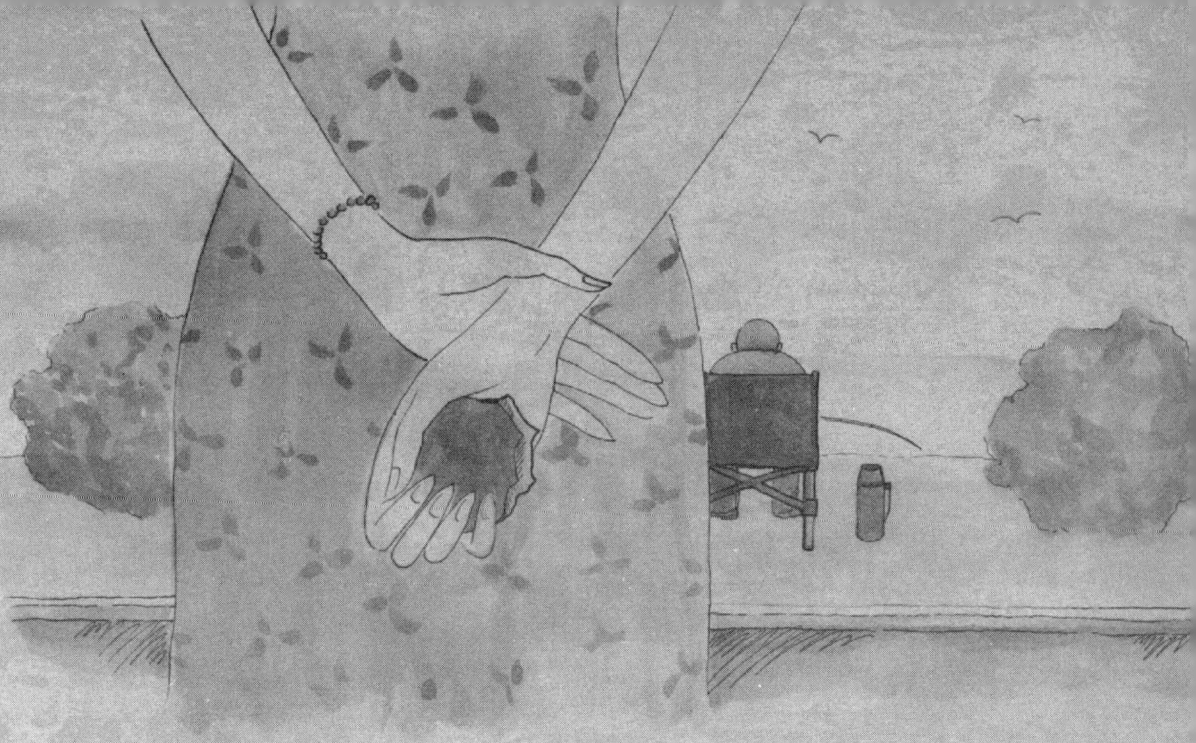

尘埃落定

门铃响的时候我刚敷完面膜。

大清早一般很少有人拜访，我有点纳闷。

透过猫眼我看见两个陌生人，还有公寓管理员。

“你们找谁？”我问。

“请问你是吕若如吗？”其中的一个人问了一句。

没等我回答就听见管理员说：“他们是警察，有事找你。”

接着有人说，“我们是东西湖分局刑警大队的。”

我打开门，面前的人向我出示了证件。是个皮肤黝黑的中年人，眼睛不大，但清澈透亮，很有神。站在他旁边的是个年轻人，瘦高个子。

两个人进门后直挺挺地杵在那里。我请他们坐下来，但很快意识到无处可坐——唯一的一把椅子堆放着昨晚换下来的衣服，床上还来不及收拾，丝袜和文胸，还有效果图、计划书之类的东西胡乱搅在一起。

“对不起，我们来得可能不是时候，”中年警官说，“不过，不会耽误很长时间……就几分钟。”

旁边的年轻警官用一种职业眼光四处扫视着。

中年警官接着说：“我们在调查一起案件。前天下午，在金银湖湿地公园，一名垂钓者掉进湖里不幸淹死了。说淹死不太准确，事实上死者有严重的心脏病，死因是心脏病突发引起心脏动脉血管破裂。不过我们在岸边也就是死者跌落的地方找到一把匕首——后来证实是死者自己随身携带的，但我们仍然怀疑，他可能是被人推下去的……”

“这……跟我有关吗？”我有些不解。

“案发的时候也就是前天下午——你去过湿地公园，停车场有监控，你的车尾号为226，是辆白色的奥迪A3，”中年警官说，“我们是通过车牌号找到你的。”

“我的确去过，还有两个同事，”我说，“她们就住在隔壁，需要的话我可以请她们过来一下。”

“那倒不用，”他摆摆手说，“我们只想了解一下大概的情况。”

年轻警官这时打开手里的笔记本，一副例行公事的样子。

“前天是周末，下午正好没什么事，我提议去金银湖看看，听说那里刚刚建成国家级湿地公园，风景肯定不错。我们开车去的，在公园租了一辆自行车，然后沿着湖边兜风，”我说，“至于有人淹死了……我们真的不知道。”

“你们骑了自行车？”中年警官眼里闪过一丝光亮，“沿着绿道？”

“是的，我们租了一辆三人自行车，沿着刚刚铺设的绿道兜了一圈。”我回答说。

“有没有进入第二期？我说的是绿道的第二期，正在建设中，竣工后将成为一个完整的环形赛道。”

“我不太明白您的意思……”

“你回忆一下，你们顺着绿道一直向前，会看见一个水中凉亭……”

“是的，我们还玩了自拍，就在您说的凉亭上。”说完我从手机里面翻出几张照片。

“绿道在凉亭旁边截止了，”他指着其中的一张照片说，“这里立了一块警示牌，上面写着‘在建路段，禁止通行’，你们在这里停下来，还是继续往前？”

“看到警示牌之后我们就折返了，没必要找麻烦。”

“这样做是对的。越过警示牌是第二期，再往前走三百米——就是事发现场。”

“呵……听起来真让人有点毛骨悚然。”

这时中年警官突然问：“你前天穿的什么鞋？”

“旅游鞋呀，”我说，“有什么问题吗？”

“没什么，只是问问而已，”他说，“好了，你已经说得很清楚了，接下来我们想询问一下你的两位同事。”

“她们的房间离我很近，我可以带你们过去。”

“不打搅了，还是让管理员带我们去吧，”出门的时候他环顾了一下四周，“看样子……你得抽空整理整理内务了。”

合上房门我又纳闷起来，昨天湿地公园的游客那么多，难道对每个人都要进行调查吗？如果是这样，那简直就是一个复杂而庞大的工程。不过转而一想，他们肯定会有所侧重，比如划定一个时间段，或者一个区域，就像我正在研究的城市交通优化系统，寻求的是最合理的资源调配方案……

两天后我们又见面了。还是之前的两位警官，看来他俩是搭档。见面的地点是“绿荫”咖啡馆，离我上班的交通科技研究院不远。

未及坐定，年轻警官就接到一个电话，边说边朝外面走去。

我跟中年警官相对而坐。

“听说你是交大的博士，研究交通应急方面的专家，这可是时下大家最关心的事情。”

“呵呵，我可算不上什么专家哦，我来研究院不到一年的时间。”

“恕我冒昧，一定有人称你为‘美女博士’。”

“呵呵，不敢当，倒是经常被人称作‘学霸姐’。”

闲聊之后开始步入正题。

“你对死者的身份感兴趣吗？”

我摇了摇头。

“死者今年六十二岁，是附近村子里的农民。”对方呷了一口咖啡，“上次忘了告诉你，我们调查了死者的身份，十五年前，当时死者四十七岁，因为奸淫幼女罪被判处无期徒刑。一个多月前因为严重的心血管疾病保外就医，此后一直在家休养。”

“是个罪犯……”

“是的，不过，如果他是被人谋杀的——就成了受害人。”

“可是，这跟我有什么关系？”

“虽然是个罪犯，但如果他是被人谋杀的，就像我刚才说的——就成了受害人。很清楚，我们要搞清楚这是怎么回事，这是我们的职责。每一个到过现场的人都有嫌疑——当然，你的确有不在现场的证据，你的同事能证明这一点，”他扬了一下眉毛，“但这个证据不完整，你懂我的意思吗？”

“您是指……”

“中途你接了一个电话。”

“是的，从凉亭拍完照片后我们准备折返，这时我的电话响了，是院外联处王处长打来的，说我的几份签证材料需要核对。我是刚刚签署的美洲项目组的成员。我跟他商量是否可以在电话里解决，他同意了。于是我让她们先走，等我处理好手头的事情再碰头。”

“然后她们就离开了，等再次看到你的时候，是四十分钟以后。”

“……没那么久吧？”

“这已经得到证实。四十分钟以后，当你的两位同事再次回到凉亭时，你还在接电话。”

“的确打了很长时间，”我说，“是同一个电话。”

“但我们无法查证你是否始终待在原地。你也无法证明自己始终待在原地。”说到这里，对方突然降低了音调，“而死者……恰恰是这个时候掉进湖里的。”

“我哪儿也没去。打电话的时候有个骑行团队来过，浩浩荡荡的很多人，都戴着头盔，穿着五颜六色的骑行服……”

“据我们了解到的情况，他们并没有停留，看到警示牌后直接返回了，”对方打断了我的话，“然而，对你来说，越过警示牌来到现场，顶多只要五分钟。”

“我说过我在接电话，并且始终待在原地，没有越过警示牌，也没有看到您说的所谓现场，”我看了看手表，“我觉得，我们没有必要就一个罪犯的死继续浪费时间，如果没有其他问题我先告辞了。”

“等一下，请问，那天去湿地公园你穿的什么鞋？”

“你好像问过这个问题，”我说，“是旅游鞋！”

“她说得没错，”年轻警官不知什么时候出现在我的身后，“刚才视频中队回话了，从调取的监控资料来看，那天她的确穿着旅游鞋。”

“为什么我要问这个问题？”中年警官摩挲着下巴说，“案发后我去过现场。湖边有钓椅和鱼竿，说明案发时死者正在垂钓。在钓椅前面——也就是湖边，有一把匕首遗落在地上……”

“您说过，是死者的匕首。”我说。

“是的，是死者的匕首，不过在钓椅的背后，也就是绿道的边缘，还发现了另外一个东西。”

说到这儿，他从口袋里掏出一只透明密封袋，里面有个白色的小物件，仔细看，是只高跟鞋鞋跟。

“它卡在沥青和水泥的缝隙中，我费了好大的劲儿才把它拔出来！”他把手放回到下巴上，“凭感觉，它跟案件有直接的关联。当然这仅仅是感觉而已，对侦查员来说，有的时候，感觉非常重要。所以我始终觉得——凶手是名女性。这也是为什么怀疑你的原因。”

末了又说：“抱歉打搅，我知道你马上要去美洲了，参与一个国际性的项目合作。希望你能轻装上阵——所以我现在慎重地说，你的嫌疑被排除了。”

中年警官的话近乎是一种宣判，让我顿时轻松下来。我现在满脑子都是美洲项目，无暇顾及其他，特别是跟谋杀案扯上什么关系。就像他说的那样，我需要轻装上阵。

本以为事情已经过去了，没想到几天之后又接到中年警官的电话。他约我去上次的咖啡馆，我本想拒绝，但当他提到“金银湖中学”的时候，我改变了主意。

这次没有看到他的搭档。

“根据我们的调查，死者保外就医出来不到四十天，每天深入简出，不会与人产生什么矛盾。种种迹象表明，假如真的是一起谋杀案，那么报复杀人的可能性最大。而跟死者冤仇最深也最希望将他置于死地的，莫过于当年被他侵害过的人。我们调取了当年的案卷，发现受害人是一名不满十四岁的女孩，”他嘬了一下嘴巴，“可以说，死者的行为……实在令人发指！”

“那个女孩当时是金银湖中学的学生，案发后转学了——准确地说是举家搬迁，现在身处何方就不得而知了。如果死者是被谋杀的，我们认为，她的嫌疑最大。”他边搅咖啡边说，“除此之外很难找到其他理由。”

“我懂了，你怀疑……我就是那个女孩。”

“不不，你当然不是，你的嫌疑已经排除了，只是一个局外人。”他的手停下来，“但你能够帮我，你是一名女性，知道怎样用女性的思维去看待问题，相对而言，比我们更容易获得类似的情感体验。假如你是那个女孩……你会怎么做？这才是让我感兴趣的，说简单点，也许你能帮上我们。”

之后他又说：“我想找到作案人的真实动因。”

“如果真的是复仇，我觉得完全可以理解，”我说，“我看过这方面的书，受害人所承受的更多的是精神创伤，这种痛苦和折磨是挥之不去的，很难从中解脱。”

“杀死侵害自己的人也是为了解脱？”

“是的，从某种角度来说，杀人不是目的，只是一种解脱的方式。”

“可是——已经过去十五年了。”

“这说明她始终没有摆脱阴影，始终沉浸在自我折磨中。十五年……可以想象她所承受的痛苦。所以，当她得知死者从监狱出来以后，迫不及待地想杀死他。”

“特别是得知死者每天下午去湖边垂钓，过得逍遥自在以后，就更加按捺不住了！”这时他往前欠了欠身，“知道什么东西最让我困扰吗？”

我摇了摇头。

“那只折断的鞋跟。”

“为什么不是匕首。”

“看来你对匕首感兴趣。好吧，那就先说匕首。根据我们的调查，死者平时把匕首放在床褥下面，案发那天临出门的时候，他特意将匕首带在身上。”

“这么说，死者有种预感？”

“说得对！不过匕首……似乎没有起到什么作用，它掉在了这个位置，”他指了指桌子的边缘，“给人的感觉是，在遭遇威胁的时候他把它拔出来，可就在这时，由于过度紧张和激动，他的心脏病发作了。我说过，他的心脏病很严重，正是因为这个才保外就医的。他紧紧捂住胸口，我想匕首就是这个时候掉在地上的，接着他摇晃了两下，仰面栽进湖里……”

“那么鞋跟呢？”我说。

“我们往前推断，当高跟鞋沿着绿道一步步接近死者的时候，死者背着身子坐在钓椅上。发觉身后的响动，于是扭头看过来，又有了下面的一段对白……要不我们来重演一下，一定是件非常有趣的事情！”

他顿时来了兴致，把椅子调整到相反的方向，然后颤颤巍巍地站起来，转身看着我。

“你……是谁？”他眯起眼睛问。

“我是谁？难道你忘了吗？”有一刻我想笑，但忍住了。

“那天，那天是你吗？”他问。

“那天？我？”我有些诧异。

“没错，是你！”他的眼里掠过一丝凶光。

“这么说你知道我是谁。”我冷冷地说。

“你想干什么？”他紧盯着我隐藏在背后的一只手，“你手里……是什么？”

我猜是块石头。我悄悄靠近他的目的，是想狠狠地砸下去，然后把钓椅往前一推……

“你知道我想干什么。”我把手缓缓拿出来。

他看到我手里的石头。当我突然扬起手臂时，他一边后退一边从腰间拔出匕首。

我狠狠地扔过去，他猫腰躲闪了。

他没有流露出庆幸，相反显得很痛苦——用手紧紧地捂住胸口，然后一头栽倒在沙发上。

我“噗嗤”笑了起来。

“您刚才提到‘那天’，是怎么回事？”我说。

“这起谋杀案是有预谋的，需要选择时间和地点。从当天携带匕首来看，死者已经预感到有可能被加害。最合理的解释是：案发前作案人跟死者遭遇过！”

“您认为那个女孩在案发之前的某一天去过现场，目的是打探对方的行踪，而这次打探不巧被对方发现了……”

“完全正确。”他故作神秘地说，“是那只折断的鞋跟给了我灵感。”

“鞋跟？”

“当作案人蹑手蹑脚地走到死者背后时，鞋跟突然被卡住，她试图挣脱，又急又恼，直到‘咔嚓’一声——鞋跟折断了。”他接着说，“死者回头看过来，作案人拎上高跟鞋慌慌张张转身便跑——”

“于是，第二天，死者特意带上匕首。”我说，“因为他觉察到了什么。”

“完全正确。”之后他起身说，“非常感谢你，刚才的重演实在是棒极了，由此可以推断：死者是因为心脏病突发不慎落水死亡的——这就大大减轻了作案人的刑事责任。”

三天以后，在天河机场国际航站楼，我突然接到中年警官打来的电话。犹豫再三，最终还是接通了。

“也许这个时候给你打电话不太合适，但千万别介意，我没有任何别的意思。”

“您请讲。不过……马上就要安检了。”

“我想告诉你，我已经找到了答案。”

我屏住了呼吸。

“今天早晨，当我迷迷糊糊洗漱的时候，突然想到湿地公园的监控视频。起初我们的注意力仅仅局限于案发当天，没有向前延展——这实在是一个疏忽。还记得我的推测吗？我认为在案发前的某一天，作案人跟死者遭遇过。于是我立即调取了案发之前的所有监控视频。结果发现：在案发前一天的下午，相同的时间段，一位女士来过湿地公园。停车场的监控画面显示，下车时她脚上穿的正是一双白色高跟鞋，而两个小时以后，当她返回的时候却光着脚……请听我讲完，不要挂断电话。

是你提醒了我。还记得我们上次的谈话吗？当我提到之前的这次遭遇时，你说死者第二天特意带上匕首——是第二天。你的推测完全正确！

我查阅了死者当年的案卷，上面附有受害人的照片，尽管是十五年前的照片，但依然感觉似曾相识。当然我还查了你的资料，十五年前你正好就读于金银湖中学。请原谅，这是我的职责。

公园的视频监控很模糊，完全不能当证据使用，重要的是，我们觉得这起案件看上去更像是一个意外事件。所以我想告诉你：“我已经递交了撤案报告。这是我打电话最主要的目的。”

过了片刻他又说：“请尽可能放心地工作吧！”

“您……为什么要帮我？”我用略带颤抖的声音问道。

“你不是说过吗？他是个罪犯。这话有道理。”

说完，对方挂断了电话。

随后是安检、登机，感觉恍恍惚惚。坐定后拉下眩窗，迫不及待地戴上眼罩，任由思绪不停地奔涌……

又是湖畔、钓椅、背影，还有沉闷的落水声……还有什么？十五年前的那个夜晚吗？那个让人撕心裂肺永远挥之不去的夜晚吗？

谁也不会注意到，眼罩后面的我，早已热泪涔涔……

雨夜

592

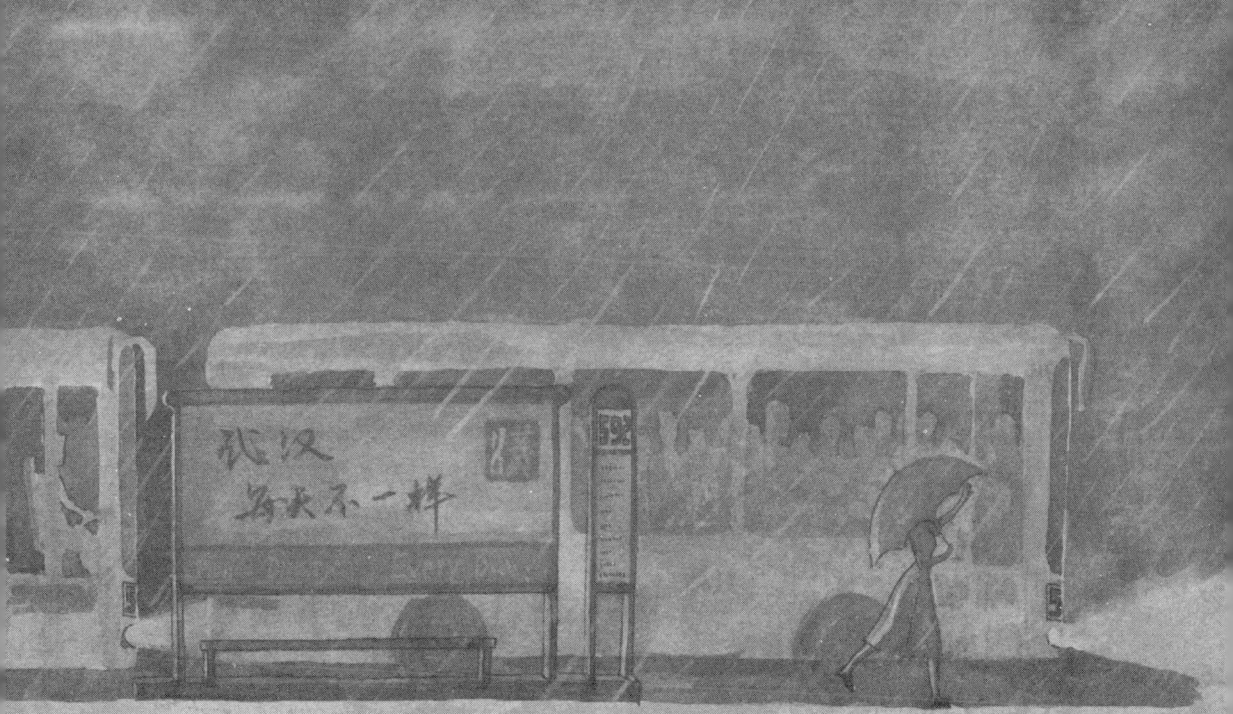

我讨厌下雨，尤其是晚上。

所有的景物都是湿漉漉的。视线模糊不清，加上积水的反光、慌慌张张的行人，以及见缝就钻的电动车，你得万分小心。

还有雨后蒸腾的闷热空气，让人浑身黏黏糊糊很不舒服。这是武汉的一大特色。

我今年三十六岁，是一名刚刚取得从业资格的公交车司机，来592车组不到两个月。武胜路至新荣村——每天我都在这条线上来回折腾，从闹市区一路渐行渐远，直到杳无人烟的市郊。每天如此，谈不上有趣，也谈不上无趣，一份工作而已。

雨下得很大，刚从始发站出来就噼里啪啦地下了起来，丝毫没有停下来的意思。车上没几个人，或闷头玩手机，或对着窗外的阑珊灯火发痴，很安静。

当然只是暂时的。第二站是国际广场——汉口最繁华的商贸中心。车没停稳人群就围拢过来。随后是一番争抢，车里顿时热闹起来。我瞟了一眼后视镜，连过道也站满了人。

过了新华路雨稍稍小了一些，不过临近台北路的时候骤然变大。我把雨刮调到最大，仍然感觉不够用。

乘客上上下下时多时少。竹叶山站一窝蜂地涌入七八个学生，把仅有的一点缝隙塞得严严实实。最后面的那个男生实在挤不上来，我扯起喉咙喊道："过道的乘客往后面挪一步！"但没什么反应，我只好打开后车门，让他到后面想点办法。

在右侧的后视镜里看到后车门缓缓合上了，我松了手刹。这时我注意到，在我的后面，有辆公交车正缓缓向我靠近。车灯很刺眼，不过我感觉——也是一辆592。

来不及细想又继续前行。钻进金桥隧道后车子瞬间变得安静。雨水被阻隔在外面，眼前陡然清爽起来。我瞟了一眼后视镜，什么也没看到。

“是不是看走眼了？也许是辆543，或者621。下一班隔二十分钟才发车，不可能这么快就追上来……”我有点纳闷。

钻出隧道便是市郊，灯火明显稀疏了。雨还在下。

接连经过几站，学生下去后又涌上来一帮工人，车里的人一点也没有减少。

我又看到那辆车——几乎每次停靠都能看见它缓缓驶来。在新春村我留意看了一眼，没错，是辆592。离我很近，借着尾灯，能看到它的线路牌。

只是看不清司机的脸，始终处于雨刮的干扰中。我继而发现，车里竟然没有一个乘客——是辆空车——也许是一辆插班车，遇到客流量较多的时候，调度室经常会采取这种办法。所以到了淌湖村，看到一拨人准备上来时我冲他们大声喊：“后面的车子是空的，后面的车子是空的！”

可他们全然不顾我的提示，使劲往车上挤。那几个被淋得透湿的家伙就更不用说了。

下一站是十大家村，再下一站就是终点。

我朝后视镜瞟了几眼，四周一片雨幕，只有两盏忽明忽暗的车灯，距我不到二十米的样子，如影随形……

“真是怪事！”我嘟囔着狠踩了一脚油门，超载的车身随即发出难听的声音。车速倒是快了不少，后面的灯光也渐渐暗淡下来，直到完全消失。

到站，停靠。下去的人不少，上来的人则更多。

“快到终点了，怎么还有这么多人？”我心里犯起了嘀咕，随后，又看到两束由远及近的灯光……

它紧贴着停在后面。依然看不到司机的脸。我从车窗探出头来想一看究竟，可雨实在太大，什么也看不清楚。

车下的人还在拼命往上挤，我接连喊了两声：“后面的车是空的，后面的车是空的！”

他们完全没有理会，倒是站在最后面的那个女孩——撑一把黄色的雨伞，脸被伞沿遮挡——似乎犹豫不决。

不过看得出来，她没有换乘的意思，还是寄希望于眼前，哪怕门口能够腾出一丁点儿的空间。

她前面是个胖子，当胖子使出浑身解数挤上来时，车里的抱怨声已经此起彼伏。

看来毫无可能——我不得不揿下按键，让车门艰难地合上。

我从右侧的后视镜里看到：她一边使劲地拍打车门，一边不停地喊叫……

可车内一片嘈杂，我什么也听不见。我无奈地冲她打手势，指了指后面。她根本看不到，她的视线被攒动的人头完全遮挡。

我想即使她看到了也没什么用，这不符合她的本意。

我只好轻踩了油门。

当我再次看过去——令我意想不到的是，那把黄色的雨伞还在车门外晃动着——她在追赶，依然不肯放弃。

我忽然冒出一种似曾相识的感觉——我指的是她雨中奔跑的身影，还有那把黄色的雨伞。

我心里咯噔一下——随即加大了油门。

抵达终点后我疲惫地走下车。雨小了些，我来到调度室的廊檐下，找张长椅坐了下来，燃上一支烟，猛吸了几口。

我琢磨着后面的那辆车很快就要到了。借着廊灯看了看表，不知道怎么回事，心里始终有些不安。

时间一分一秒地过去，那辆车迟迟没有出现。

一刻钟后下一班车准时进站了。从车上稀稀拉拉下来几名乘客——没有看到女孩的身影。

司机走了过来，是刘师傅，大个子大嗓门，说一口地道的武汉话，是我们车队的元老。

我问他："在你前面有插班车吧？"

"插班车？个婊子养的这个天气鬼才插班！"他把手套随意扎进工作服的裤腰，在我身旁坐了下来。

我递给他一支烟。他接过去的时候说："卷毛，你脸色不是蛮好。"

他叫我"卷毛"是因为我的头发有点自然卷。

"见鬼——今天真的见鬼了！"我说。

"莫扯淡……说说，碰到什么稀奇古怪的事情了？"他笑着问。

"你刚才看到一个打黄雨伞的女孩没？"我摸摸打火机，但摸了几次没摸着。

"打黄雨伞的姑娘伢？"他先是一愣，紧接着问了一句，"在十大家村？"

"对，十大家村！"我从屁股口袋摸出打火机，帮他点着。

"你的手在发抖。"他说。

没错。不仅如此，我感觉嘴皮子也有点打颤。

"——还有一辆空车？"他又问。

"是呀，"我哆嗦着问，"你……怎么知道？"

"老子信了你的邪，"他嘴里发出一声怪笑，"我也碰到过一回，都是好几年前的事了。你才来几天？冇想到就撞上了。"

我干咽了几口唾沫。

"卷毛，你今天真的叫'见鬼'——那个姑娘伢是个鬼，那个开车的也是个鬼——两个人都是鬼，而且是冤鬼。"见我有点发蒙，他拍拍我的肩膀说，"好吧，今天就给你讲个鬼故事。

说起来都过去十多年了。当时十大家村有个姑娘伢被别个谋害了。这伢长得蛮漂亮，我也看到过几回。好像刚刚高中毕业，在市区找了份工作，每天坐

592上下班。有天晚上下大雨——跟今天一模一样，家里人左等右等冇看到她回来，蛮着急，担心出事，于是到处找，找了半个晚上也冇找到。天亮以后又接着找，终于找到了——在村子旁边一个堰塘里发现了她的尸体。

警察马上来了，尸体检验证实是被掐死的，死者衬衣上的扣子被扯掉几颗，胸罩也被扯下来，所以警察分析凶手是见色起心意图不轨，在遭遇抵抗的情况下迫不得已掐死了对方。

警察认为熟人作案的可能性比较大。他们把村里下到小学生上到八十岁的爹爹只要是男的全部作为排查对象，一个一个问材料，问那天晚上在哪里在干什么哪些人能够证明。但冇问出个名堂。

警察开始把视线转移到别的地方。他们很快就盯上了一个人……”

说到这儿他停了下来，故意卖起了关子，于是我问：“谁？”

“我的徒弟小柯，当时二十刚出头，来592不到一年的时间。他是最后看到死者的人。那天他值夜班。据他说，车子开到十大家的时候，里头只有一个乘客——就是死者。到站后死者撑起伞就下了车，外头瓢泼大雨冇得一个人……之后他就开车走了。

但是警察不这么认为，他们认为小柯在说谎。那个时候车上和站台上都没安装监控，小柯的话冇得人能够证实。当年592一个小时一个班次，警察认为小柯有足够的时间来实施犯罪。”

“也就是说，小柯在死者下车后没有继续开往终点，而是尾随死者……杀人后重新回到车上？”我问。

“警察也是这样认为的。因为下过大雨，他们连杀人的现场都冇找到，更不要谈什么指纹和鞋印了。至于目击证人，纯粹就是天方夜谭了。不过，警察冇得放弃的意思，反倒盯得更紧了！”

说到这儿他狠吸了一口烟。夜很静，我能听到烟头噼里啪啦燃烧的声音。

“调查发现，小柯抵达终点的时间比正常时间晚了将近四十分钟！

小柯的解释是车子从十大家开出后不久就熄火了，后来发现是火花塞被打湿了，花了蛮长时间才弄好。可这不是关键——关键是整个车队都晓得他喜欢那个姑娘伢。

这话最开始是从小武的嘴巴里头传出来的。小武也是我的徒弟。两个人性格完全不一样。小柯是个闷罐子，经常一整天不放个屁。小武恰好相反，机灵鬼，喜欢闹腾。但是两个伢关系蛮好。

小武说小柯喜欢那个姑娘伢，其实是个玩笑话。但传到警察耳朵里，就成了重要线索……”

“小柯真的喜欢那个女孩？”我问。

“这个不假。那个姑娘伢上下班的两个班次——他是最积极的。为了这个，甚至私底下跟别人换过班。这是公开的秘密。”

“警察就这样把他给抓了？”我又问。

“光凭这个抓不了，只是被盯上了——每天去专案组报到，早出晚归，跟上班一样。刚开始我们也怀疑是他干的，不怎么搭理他，连跟他关系最好的小武也很少跟他说话，后来我们觉得不对头，这个伢骨子里还是蛮纯朴的，照说不会干这种事情——再说如果真是他干的，警察会让他每天回来吗？后来我们也改变了看法……直到他上吊自杀。”

看见他手上的香烟只剩下烟屁股，我赶紧递上一支。

“你住的这间宿舍，当年小武和小柯也住里面，”他扭头指了指走廊尽头的一扇房门，“当时里头有八个铺位。除了他们两个，其余的六个人不常住，只是跑夜班的时候临时对付一下——包括我在内。不过那天我把大家约在一起小聚了一下，一是给小柯解解怨气，二是给大家解解怨气，所以那天晚上一个都不少。

那天我喝得有点高，躺床上就睡着了。后半夜迷迷糊糊被人吵醒，听到有人说小柯在厕所上吊了，几个人慌慌张张跑进去一看，小柯半跪在窗户下面，脖子上缠着一根电线，另一头系在窗齿上……”

“死了吗？”我问了一句。

他沉浸在回忆里，犹如梦游般地说，“他手里……捏着一个东西……”

之后扭头问我：“你猜是什么？”

我忙不迭摇了摇头。

“一把黄色的雨伞。跟你今天看到的一模一样。警察让死者家属辨认了——正是死者的雨伞！”

我不由地倒吸了一口气。

“照理说这案子算破了，属于畏罪自杀是吧，警察就可以撤了，哪晓得警察不仅冇撤，反倒来了一大拨，把宿舍里的七个人一律带走——当然也包括我。也冇关进牢里，只说是隔离审查。个婊子养的那段时间吃住都在一间房子里头，人都快疯了，而且相互不能碰面，也不让给家里打电话。我们不晓得为什么要这样，直到小武自杀……”

“你说什么？”我瞪大了眼睛，“小武也自杀了？”

“那是被审查的第九天……那几天刚刚搞完测谎，听说给我们测谎的老头子是公安部派来的，蛮厉害。我们被轮流拉去测，测完后老头子什么也不说。第九天轮到小武，被测了好几遍。当天晚上，他把床单撕成布条……上吊了。”

“两个人干嘛都要自杀……我被你讲糊涂了。”我说。

“我把原因告诉你，你就不会糊涂了。”他接着说，“你晓得我们为什么被隔离审查？小柯不是自杀的——是被勒死——然后伪装成自杀的！警察在检验尸体的时候发现了问题，但他们一直冇对外公布。照这样看，那把黄色的雨伞就成了一件道具，一件用于栽赃陷害的道具。”

“这么说……小柯和姑娘伢是被同一个人杀死的？”我问。

“对，警察认为，杀死小柯的凶手肯定隐藏在我们中间，就是七个人中的某一个！”他转而说，“当然，他们认为小武的嫌疑最大，因为几个人当中数他最了解小柯，接触时间和作案条件也最多。

警察的推断可能是这样的：小武也喜欢那个姑娘伢——只是没有表露出来——不仅是喜欢，而且喜欢得不能自拔。爱一个人爱到极致，或者想得到偏偏又不能得到，结果就是恨了，于是铤而走险……

警察认为小武把每一步都设计好了。比如，杀死姑娘伢之后带走雨伞——说明他是有预谋的，目的就是嫁祸于人。他们认为小武非常狡猾，可是……”

说到这儿他摇了摇头。

我满脑子都是疑问。不过我想等他讲完再说。

“小武自杀后警察仔细搜查了宿舍，他们想找到能够证明小武是凶手的证据。果然，他们在小武的衣柜里找到一块女式手表。经过查证，正是那个姑娘伢的手表。我还忘了跟你说——案发后警察在堰塘里找到姑娘伢的挎包，里头的东西一件不少，包括钱。不过，还是少了两样东西，一是那把雨伞，另外还有手腕上的手表。”

“听上去有点玄乎，是你编的吧？”我问。

“鬼扯！千真万确，全部是事实。”他又接着说，“警察由此宣布破案。实际上我们也觉得有太多的疑点。就拿手表来说，不能不说有些蹊跷。

一，案件发生之前，小武曾经捡到过一块女士手表——这件事几个同事都能证实。小武将它随手放进衣柜，而这块手表有可能是姑娘伢不小心遗落在车上的——谁也不能排除这种可能。

二，如果真是一件重要的犯罪证据，小武不会堂而皇之地放在自己的衣柜里头。只有蠢猪才会这么干。那么，这块手表是不是别人为了栽赃陷害放进去的呢——就跟小柯手里的雨伞一样？如果真是这样，这个人必定是我们六个人中的某一个，毫无疑问——也是杀死姑娘伢和小柯的真正的凶手！”

等他讲到第三种可能时，我愣住了……

“第三种可能是，衣柜里头根本没有手表，是警察放进去的！

你想想，案子办到现在已经死了三个人，他们没法交差。找到这块手表，一方面能证明小武就是杀人凶手，可以宣布破案；另一方面对三个人的死都有合理的解释，不仅不会被追究责任，反倒还能邀功请赏。警察发布的协查通报上有这块手表的照片，他们找到了样品。如果把一块样品放进小武的柜子里头——鬼都说不清白——姑娘伢的手表又冇得什么特殊的标记，你说呢？

所以小武可能是被冤枉的。我还听说测谎以后，老头认为他的嫌疑最大，于是警察用了刑，他实在顶不住了，就承认了，后来越想越冤，干脆一死百了……”

雨停了。抬头看去，乌云正在消退，依稀露出几颗星星。

这时刘师傅突然问我：“今天几号？”。

我说：“14号，9月14号。”

“个婊子养的真快呀，又到了这一天，”他喃喃地说，“那个姑娘伢就是9月14号死的，每年9月14号的晚上，只要下雨，就能看到那把黄色的雨伞……还有那辆空荡荡的592。”

“开车的人是谁？”我问。

“不晓得，连我在内好几个师傅都碰到过这种事情，都冇看清楚。不过那还用说,肯定是小柯，姑娘伢坐他的那趟车把命给弄丢了，做了鬼也心有余悸，所以死活不肯上他的车。”

“你讲了半天，到底谁是凶手呢？”我又问。

“鬼晓得，也许真的是小武，也许是另外的六个人，”他冲我咧嘴笑了一下，“当然，也包括我。”

我隐隐看见他嘴里的一颗金牙，在灯光下发出一丝瘆人的光亮。

不过我一点都不觉得害怕。相反，比刚才好多了。

我又掏出烟——这次没有递过去，而是直接塞到自己嘴里。

我没有理会对方异样的眼神，只是不急不缓地说：“你们——都不是凶手。”

“何以见得？”他问。

“凶手不会在这栋房子里面下手，”我说，“假设凶手隐藏在你们中间，这么做无异于自投罗网。”

“你说的是……杀死小柯吗？”

“警察不是蠢猪，”我又说，“从六七个人里面找到凶手——他们会有办法的。”

“你的意思是……”

“把小柯杀死在厕所里，然后伪装成自杀，加上那把雨伞……这是凶手故意制造的假象，目的是将警察的视线转移到你们头上。”

“你的意思是凶手另有其人？”

“是的。”我的回答非常果断，看来我已经缓过劲儿来了，“我敢肯定，那块手表，正安安稳稳地躺在某个人的口袋里。”

一阵沉默后，我听到身旁的人不合时宜地打了一个哈欠，连声说：“不行了不行了，太晚了太晚了，睡觉去。”

说完匆匆走开了。

剩下的，只有我还坐在那里。

我下意识地摸了摸胸前的口袋——没错，它正安安稳稳地躺在里面。

无疑，我还保留着多年前的怪癖。

那年我二十五岁。不知道因为荷尔蒙分泌异于常人，还是痴迷于几本来历不明的成人漫画，也不知道从什么时候开始——对女人的内衣、袜子之类的东西产生了兴趣，后来转移到口红、发卡、指甲钳之类的小玩意儿。我喜欢它们的味道及残留的点点余温，让我着魔——只有摩挲的时候，我的心才能平静下来，否则将陷入一种难以摆脱的魂不守舍之中……

可怕的是，我的欲望并没有因为藏品的增多而就此止步，反倒越来越强烈。我不断地搜寻着，几乎到了不择手段的地步。

有天晚上我搭乘592去新荣村。公司在那里设有货场，让我去领取一份急件。我是从国际广场上车的，在站台候车的时候我看到一位身材窈窕的女孩，皮肤白净，长相清纯，是我喜欢的那种类型。

一只浅色的化妆包——在她手里随意地晃来晃去——我的心一下子被它拽走了。我想象里头有哪些小玩意儿，还有她使用这些小玩意儿的情形，心里一阵抓狂！

我们一同上车。我就坐在她身后，很近，甚至能闻到从她身上散发出来的淡淡的香味。她在十大家村下车的时候我差点跟随她的脚步……

第二天晚上，在国际广场的站台，我又看到她的身影。

第三天晚上，我近乎疯狂了。这次我没有看到她——因为我提前了一个小时。

在十大家站下车后我找到一个黑暗处躲了起来。天公不作美，没一会儿竟然噼里啪啦下起雨来。

我在雨中苦苦支撑了两个小时，在几乎打算放弃的时候，她出现了……

我紧随其后步步贴近，猛地拽走她手里的包包，然后撒腿便跑。我并没有觉察到恐慌——更多的只是兴奋和满足。在这种偏僻而黑暗的地方，而且下着大雨，犯不着那么紧张。

就在这么想的时候我的身体突然失去重心，直接往前飞了出去——想必是被某个东西绊倒了。这一跤摔得很重，我挣扎了好几下都没有爬起来。

转眼是女孩的呼喊声和脚步声，她拿脚狠狠地踹过来，还用雨伞使劲地抽打。我将她按倒，双手掐住她的脖子直到她的喉咙不再发出任何声音……

等一切平息后我意识到闯下了大祸。原本是想抢那只化妆包，结果却杀了人。我只有一不做二不休把她推到一旁的堰塘里。之前我掏出小手电四处扫射了一番，我看到了黄雨伞，但没有看到化妆包，最后，我的目光停留在她的手腕上……

事后我害怕极了，特别是看到警方发布的协查通告后。我暗自打探，警方目前把注意力集中在十大家村。我想如果继续扩大，难保不会牵扯到我头上。我长着一头卷毛，案发期间频繁乘坐592，一旦警方深入调查，很难逃脱他们的视线。

小柯被警方盯上的同时也被我盯上了。

这栋房子在夜半三更的时候显得格外荒凉，我接连埋伏了好几次，远远地看到有人从宿舍出来，顺着走廊睡眼惺忪地钻进厕所。

最后一次我终于得手了。我确认走进厕所的人是小柯。他在毫无防备的状态下被一根电线勒住了脖子……

至于刘师傅所说的小武，我还不知道他长什么样呢。可真够冤枉的。

对那个女孩我充满愧疚。打那以后我不再收集任何藏品了。我把它们统统扔了，只留下那块手表。

这么多年来它一直陪伴着我，依然残留着余温。

我打了一个大大的哈欠。明天还要跑车，我得睡了。来592之前我干过很多份工作，都是些不起眼的小差使。当公交车司机挺好，每天能看到数不清的各种各样的面孔，永远不会感到寂寞。这工作挺适合我。

再次抬头时，天空蓦然变得黑暗混浊了，模糊中远处似乎有金属铮亮的光影在晃动，而我的双手，也不由自主地颤抖了一下……

三眼桥的孩子

我是三眼桥的孩子。

三眼桥的孩子每个人身上都有不一样的味道，有煤渣味、油漆味、铁锈味，有酸菜味、面包味、臭豆腐味，还有汗馊味、腥骚味和鸡鸭猫狗身上的味道，有的难闻有的不难闻，有的闻起来怪怪的。

我身上有烤鸭味。我爸妈在菜场卖烤鸭。他们把很多鸭子挂在一个转动的烤箱里，隔着玻璃你能看见它们慢慢渗出好多油，慢慢地变得焦黄发亮。每次打开烤箱的时候香味能飘很远。可是很奇怪，这么香的东西竟然没几个人买，经常剩下好多。更奇怪的是我妈不让我吃这些烤鸭，一口也不让吃。后来听别人说，我家卖的是病死的鸭子，我问我妈是不是真的，我妈什么也没说，只是拿眼睛狠狠地瞪我。生意不好我爸只好到处瞎晃，一会儿去牌场搓两圈麻将，一会儿到路口戳几杆桌球，或者到彩票店买上几注彩票，或者钻进某个深巷子里头半天不出来。我妈就不一样，每天要忙里忙外，除了守住那只烤箱，还得回家洗衣做饭。她个子有点高，但很瘦，用我爸的话讲，像根劈柴。她瘦是因为有病，肚子里长了一个瘤，经常喊肚子疼。她去医院看过，医生说把这个瘤拿出来至少得五万块。我家拿不出这么多钱，她只能忍着，忍不住的时候会疼得满地打滚。我爸也没什么好办法，最多给她买点很便宜的药。

三眼桥在武汉，在江岸区。但这里没有一个武汉人。这里不讲武汉话，口音五花八门。有河南话安徽话四川话，也有黄陂话广水话天门话。我爸是天门人，所以说天门话；我妈是河南人，所以说河南话。我是小学生，小学生都说普通话。

大人总在抱怨，他们好像不喜欢三眼桥。有的嫌脏，有的嫌吵，有的嫌经常丢东西，有的嫌总是停水停电。我爸，我妈，我认识的所有人都喜欢抱怨。我觉得他们是吃饱了撑的。觉得这里不好可以去另外的地方呀，真是的。跟他们相反，我从不抱怨。我才不会抱怨呢，我喜欢这里。

我唯一不喜欢的地方是学校。每天早上我都背着书包去三眼桥小学。我的教室在二楼，四一班。我们班有五十几名学生，我坐在最后排。坐在后排的同学个子都很高，我恰恰相反。我想班主任是故意的，她不想看到我。我也不想看到她，包括其他老师，除了美术老师。美术老师说我有画画的天赋。我不知道天赋是什么东西，我只是用彩笔把我看到的景色原原本本地画出来，包括七弯八拐的巷子、晾在平台上的各种颜色的衣服、露天菜场、公共厕所和经常在这里晃悠的一只黑狗，我还在它鼻子底下画了一坨刚刚拉出来的屎，金黄金黄冒着热气。我特意画了我妈和她身后的烤箱，她张着嘴在笑，因为买烤鸭的人排成长队，很长很长，一直到看不见的地方。大多时候我放下书包就走。我个子小，一般不会被班主任发现。其实班主任也巴不得我快点走。如果我继续留在教室，除了影响课堂秩序干扰其他同学学习外，没有任何作用。

我一猫腰从后门闪了，转身钻进厕所，翻上窗台，接着双脚起跳，稳稳地落在学校院墙的墙头。院墙很高，我小跑两步飞身扑向墙外的一根电线杆，然后顺着杆子溜下来。我喜欢这根电线杆，它被我磨得油光发亮，跟我爸的脑袋一样。

周雨这时会突然冒出来，像来接头的地下党员。他总穿着一套蓝色带黄杠杠的校服，胸前有“武汉市第十六中学”几个字。脸白白的，单眼皮肿眼泡，老像睁不开似的。这跟他经常到网吧包夜有关。他读初三，这是他自己说的。跟我一样，他也不喜欢学校。

于是我们一前一后地走，他在前，我在后。这种时候他会从口袋里摸出一支烟来，偷偷塞到嘴里，又偷偷点着。他的动作有点像贼，包括缩着脑袋东瞄西瞅的样子。我紧跟着他的背影，他比我高，高出两个头，甚至比我爸还高。

我们很快拐到巷子里头，看见有些人准备出摊子，有的把成捆的腌菜往推车上扔，有的从屋里搬出几箱白得晃眼的米粉，有的正往竹筐里摆放满是泥巴的莲藕。

三眼桥是城中村。我问我爸城中村是什么意思，我爸说城中村就是城市里的农村。我觉得不像，我去过农村，那里很宽阔很敞亮，有稻田和水牛，还有一眼望不到头的油菜花。我爸的解释肯定有问题。他是个光头，老吹嘘自己聪明绝顶。但我觉得他很蠢。这里完全不像农村，这里到处是弯弯曲曲堆着破箱子旧沙发侧着身体才能勉强走过去的巷子，地上尽是烂菜叶塑料袋子空烟盒过期彩票和野猫野狗，还有黑咕隆咚白天也要开灯、放屁对面的人都听得见的房间，不止这些呢，还有骂街、赌钱、打老婆或者被老婆打、耍酒疯、三轮车被偷、房门被踹，还有城管打人或挨打、警车或救护车出没，傍晚穿短裙子露半边奶子的女人。

在一个人多的巷子口，周雨买了四个面窝，把其中两个递给我。之后我们来到另外一条巷子，这里有家挂着“台湾时尚奶茶”招牌的店铺，老板是个带老花镜的秃子，长得像我们副校长。他瞅了我们一眼，把一杯红提和一杯芋圆递过来，周雨随后把一张十元的票子放在柜台上。谁都没说什么。我喜欢这样，像地下党员递送情报。我喜欢红提，我觉得芋圆的味道怪怪的。

我们继续往前走，直到看见一座高高的水塔。

水塔背后有扇铁门，上面有把挂锁。周雨掏出一串钥匙，用其中的一把打开锁，然后钻了进去。我俩顺着旋转的铁梯子来到塔顶，是个圆形的平台。从这里往下看，全是密密麻麻坑坑洼洼的屋顶，整个三眼桥看上去像一个巨大的马蜂窝。远处是一栋栋高楼，楼顶各式各样，有的像宝塔，有的像足球，有的像一根可以把天都刺破的针。

我们并排坐在栏杆后面。

周雨从口袋里掏出烟点着了。他的动作看起来自然多了，不像刚才。

“小可，把钱借给我。”他也说普通话，不过他的普通话不标准，音调平平的，“小可”听上去更像“肖可”。

我嘴里含着吸管，说话不方便。

他又说："你拿着没用，要钱我再给你，再说，万一被你老爸老妈发现了肯定会挨打。"

"都给你？"我歪着脑袋问。

他横了我一眼："你留一百吧。"

我没再吭声。

这是周雨第几次借钱我都不记得了，至于一共借了多少钱就更不记得了，我数学从来没及格过，不喜欢记数。

周雨把烟吐成圈圈。他可能不想我手里有太多的钱，只要稍微攒多一点，攒到一千两千的时候就被他借走了。好在每次找他要，他都会给点，三五十块。不过对我来说足够了，就像他说的，多了也没用。

周雨丢了烟头，指着一处屋顶："看，那个冒烟的地方，巷子口有个剃头挑子，进去走到第五家，楼下的防盗门是开着的，可以直接上去，四楼靠右边的一家无烟灶台装在走廊上，没装防护网。里头住个年轻人，天天早出晚归，现在屋里没人。"

说完他把我嘴里的吸管连同杯子拽了下来，"啪"地扔到地上："搞完了再去买一杯。"

我们出了水塔，又一前一后走进巷子。在门口他使了个眼神，我上去了。他没上楼，蹲在巷子口玩手机。

十分钟后我下来了。我们沿原路回到水塔。

他看着我，忽然扑哧笑起来，之后掏出一张纸巾帮我揩脸。

"灶台上的窗户很小，脑袋卡在里头半天才弄出来。"我用指甲捋头发，上面粘了一些油疙瘩。

"什么都没有？"

"一张床一把椅子，还有一台电扇，就这些。"

“刚毕业的大学生，穷得要死，”他又开始抽烟，“这里越来越不好搞了，都是些穷鬼。”

他说得没错。三眼桥都是些穷人，拿我家来说，实在没什么东西是可偷的。

“要不，去电玩城打打游戏？”我说。

他“唰”地站起来，很坚决地说：“不行，连着三天都踩空了，今天无论如何要搞一笔！”

我懂什么叫踩空了。就是好不容易踩到点，却扑了一个空。这可不能怨我。我跟周雨分工明确，他负责踩点我负责偷。他负责踩点是因为他比我大比我聪明知道哪里有钱哪里没钱，我负责偷是因为我年纪小个子矮身手灵巧不容易引起怀疑。

“怎么搞？”

“我们分头行动，四点钟在这里碰头！”

楼梯下到一半的时候他回过头来，塞给我五十块钱，嘱咐说：“注意安全，别让人逮着了，万一逮着了就说是第一次，记住，打死只说是一个人！”

这么说反倒让我害怕起来。我才不想被人逮住，三眼桥的人都恨小偷，逮住了肯定会被打死！不被别人打死也会被我爸打死，我被他打怕了，他手重，我眉毛上的疤就是他用皮带抽的。

看样子周雨已经铁了心。不知道他为什么要这样。肯定不是因为缺钱。上星期我顺着水管爬到三楼，然后钻进一扇贴了“囍”字的窗户。我在屋里翻箱倒柜找了半个小时，终于在席梦思床垫下面找到了一个红包，里面有两千块钱。之后我们平分了。我把一千块钱藏在铅笔袋的夹层里，原封未动。他的钱呢？难道这么快就花光了？

反正我不想冒险。我不会踩点，这里有几千间房子，鬼知道哪间房子里有钱？

分手后我随便瞎逛，不知不觉又来到“台湾时尚奶茶”，跟老板要了一杯红提，之后站在巷子口。我想，倒不如去电玩城瞧瞧。这时，我看见一个卖老鼠药的老头跟一个卖鹅毛扇子的妇女争吵起来，他们的地摊挨在一起，估计卖老鼠药的老头不小心踩了妇女的鹅毛扇子。眼看就要打起来，有几个好心人跑过来扯劝。这种事见得太多了，没意思。我正准备走，突然记起我妈唠叨说家里有老鼠，要买点老鼠药。趁着一群人拉拉扯扯，我从人缝钻进去随手抓了几包。

电玩城在菜场旁边。我家的烤鸭摊子就在菜场里头。快到电玩城的时候我开始左顾右盼，我得小心点，我爸喜欢到处晃，万一被他看见了免不了一顿打。这么想的时候巷子口很快闪过一团红色，非常眼熟，很像我爸的红汗衫！我吓得紧紧捂住嘴巴，三步两步来到巷子口，偷偷探出脑袋……没错，是他！他是个胖子，留着发亮的光头，走起路来像鸭子一样左右摇晃。好险！我想溜，又有点纳闷，平时他总是挺着又圆又大的肚皮漫不经心地晃悠，今天怎么慌里慌张而且手里还拎着一只鞋盒子？

我决定跟上去。一直跟了好几条巷子。在一扇门前他停下来，轻轻敲门，开了，是个女的，左右看了看，很快又关上。这女的我认识，在菜场附近开家小诊所，都叫她白医生。白医生长得又白又胖，可能因为个子很矮，总喜欢穿双高跟鞋，走起路来噔噔噔地响。她住在五楼的一间房。我怎么知道？我去过她的房间。我是从背后的一条巷子上去的。有个门洞直接通向楼顶，那里正对着她的窗户，很近，几乎伸手能够摸到。翻过一堵矮墙，左脚踩在墙外的一台空调上，抬起右脚跨过黑漆漆的巷子，就能踩到对面的窗台上。房间收拾得很整齐，香香的，有单人床挂衣柜和电脑桌，桌上有台笔记本电脑。墙上有她的照片，戴副金丝边眼镜。镜片后的眼睛很小，三角形。也许是笑的原因吧，脸上堆着胖嘟嘟的肉。照片旁边有面很高很窄的镜子，我想她那么胖肯定照不进去。再看看镜子下面，摆着一长溜高跟鞋，黄的绿的白的黑的什么颜色都有。旁边还有一间厨房，有冰箱煤气灶和吃饭的桌子，桌上有两碗菜，一碗很肥的五花肉和一碗鸭脖子。看来长得胖的人都喜欢吃肉，跟我爸一样。我顺手抓起一块鸭脖子塞到嘴里，这时看见冰箱上面有个玻璃坛子，里面有黄澄澄的酒。我家里也有一个这样的酒坛子，泡着蛇和壁虎之类吓人的东西。我又看看桌子，上面果然有酒杯。我想长得胖的人除了喜欢吃肉还喜欢喝酒，不分男女。那天什么都没有偷到，我准备把那台笔记本电脑拿走，发现是旧的，不值钱，就没拿。出来跟周雨说了，他没说什么。毕竟是他踩的点。

我有点好奇，想看看我爸跟白医生究竟搞什么鬼。很快我摸到对面的楼顶。矮墙上有个窟窿，从这里可以看到白医生的窗户。我看到地上有只鞋盒子，盖子打开着，里面是空的。接着看到我爸的后背，他赤条条地站在床前，屁股一动一动的。白医生仰面躺在床上，我只能看见白晃晃的两条腿，还有翘得老高的脚。细看脚上是双崭新的蓝色高跟鞋，鞋底干干净净。我从头看到尾，直到他们躺在床上一动不动。

我又回到街上，看见有个卖锅盔的摊子，发觉肚子有点饿，过去买了一个。刚放到嘴边就听到“呜哇呜哇”的警报声，一辆警车从身边开过去，在前面不远的巷子口停下来。两个警察急匆匆地钻进巷子，不一会儿又急匆匆地钻出来，其中一个警察还揪着一个戴手铐的家伙。第一眼我没认出来，再看竟然是周雨！他几乎变了一个人，头发乱糟糟的，一只眼睛肿得像桃子，鼻子正在往外淌血。他的校服也破了，上面到处是灰。一个穿花衬衣的男的气冲冲地赶上来，举起手里的鞋子劈头盖脸地朝他打过去，之后还想打，被警察拦住了。

警车开走后有人围着花衬衣问是怎么回事，我凑近几步听他说：“老子睡在床上，听到客厅有动静，跑出来一看，小狗日的好邪，正在翻老子的包包，老子就把他捉住了。”旁边的人说：“三眼桥的小偷太多了，天天都有被盗的，不是白天就是晚上，是要抓几个，不然太猖狂了。”有人说：“好像是个学生伢，穿的校服。”还有人说：“这些伢都是被网吧害的，不好好上学，晚上玩游戏，白天出来偷东西。”

说了半天才散。走的时候花衬衣把手里的球鞋扔得远远的。那是周雨的鞋。

天擦黑的时候我回家了。我家住在巷子口，离菜场只有五分钟的路程。楼下是朱爹爹的小卖店。他腿不好，老是肿的，乌黑发亮。二楼住着张老三，鱼贩子。我家在三楼。楼梯没灯，大人上楼一般拿手机照亮，我没手机，只能摸黑。不过习惯了。我身手灵巧，知道哪里是煤堆哪里挂着张老三的鱼篓子。平时我一“噌”就上去了，但今天腿有些发软，只能扶着楼梯一步一步地往上走。

我家就一间房，墙角有个很窄很小的厕所，一个人蹲着刚好。靠窗是煤气灶和饭桌。剩下的地方只够摆两张床。三眼桥的房子都这样。

我早早上了床。平常这个时候一定在外头疯，直到我妈扯着嗓子喊我回来吃饭。

家里没人。我妈一般八点钟回来，其实菜场七点钟就没什么人了，她想多守一会儿，看能不能多卖几只烤鸭。我爸呢？懒得管他，兴许还跟白医生抱在一起呢。

还是躺在床上踏实。

迷迷糊糊我就睡了。眼前好像是电玩城，人真多，挤都挤不动。有各式各样的游戏机，闪着五颜六色的光。怪了，这是怎么回事？所有的人都穿着很厚的衣服，像棉袄羽绒服之类的衣服。我摸摸自己，也穿着棉袄，外面还罩着一件校服，三眼桥小学的校服。我还背着书包。这是哪天？不太记得了。我掏出一张一百元的票子，用它换了一摞游戏币。我哪来的一百块钱？平时我没钱，顶多趁我妈不注意的时候从钱盒子里偷个两块三块的。哦，我想起来了，是过年的压岁钱。过年后我的压岁钱全上交了，不过这张一百是漏网之鱼，我爸妈不知道，一直藏在铅笔袋里面。

为什么背着书包？也想起来了，里头装着寒假作业。今天是寒假后的第一天，我得返校报名。我来电玩城干嘛？玩游戏呗！每天上学都打这经过，每次经过都会瞄上几眼，心里痒痒的。钱少的时候只能玩很简单很垃圾的游戏，今天有一百块钱，可以玩个痛快！

我玩得很开心，从野牛谷鳄鱼岛到疯狂农场，从气垫船翻斗车到暴力摩托，直到把最后一块游戏币塞进投币口。可我还没尽兴呢！手不由自主地伸向裤子左侧的口袋，里头有两百块钱，是我妈给的报名费。可是，当我把手伸进去的时候大吃一惊！里面空荡荡的什么都没有。这下我急了，不光急而且害怕，偏偏这时我爸也来了，手里举着皮带，扬得高高的。我“哇”地哭了，哭得很响亮，周围的人都朝我看过来，我越哭越带劲，越哭越响亮……

忽然闻到一股烤鸭的味道。有人捏我的鼻子，醒了。是我妈，她问：“梦到什么啦，哭成这样？”我擦了擦眼泪，没好意思说出口。

我妈开始洗菜做饭。我看见饭桌上放着满满一盆烤鸭，问她：“今天怎么剩这么多？”

“生意一天比一天差，得换条门路了。”

我记起口袋里的老鼠药，说：“放学的路上碰到卖老鼠药的，就买了几包。”

“放在床底下的纸盒子里。”她叹口气说，“你比你爸有记性，跟他说等于白说，不晓得又到哪里瞎晃去了，早上给他钱让他去交房租，到现在都没个人影，我就怕他拿去打麻将了。”

我没说什么。

吃完饭我妈喊肚子疼，要我帮她揉肚子，揉着揉着她就睡着了。翻个身我也睡了。

眨巴眼皮又做起梦来。好像接着刚才的梦。我急得大哭的时候有人拍我的肩膀，抬头一看是周雨。

“怎么了？”

“我把报名费弄丢了。”

“多少？”

“两百。”

他掏出两百块钱递给我：“你先拿着，以后还我。”

“我不认识你……怎么还？”

他指着我的校服说：“改天我去学校找你。”

然后是一个大清早，学校门口。我背着书包正准备进去时被他叫住。

“带钱没？”

我摇摇头。

“什么时候还钱？”

我不说话。

“这样吧，你帮我个忙，钱就不用还了。”

“帮什么忙？”

“去了就知道了。”

正好我不想上课，就跟他走了。他把我带到一条巷子里头，指着一扇装有防盗网的窗户说：“早上出门忘了带钥匙，你从这里翻进去，帮我把门打开。”他用力撑开两根钢管，我卸下书包试了一下，脑袋正好能够通过，于是踮起脚侧着身子钻了进去，之后绕到另一间房，从里面把门打开了。

周雨进屋说："你在外头等我，我拿个东西。"几分钟后他出来了，衣服下面鼓鼓囊囊的。他带我去了水塔，这是我第一次去水塔。在平台上他把衣服撩开，一只黑色皮包滚了出来。他把包里的东西一股脑儿倒在地上，有红的绿的塑料本子，还有一个纸袋子，上面写着"中国工商银行"几个字，他撕破袋子，露出整整齐齐的两沓钱，都是一百元一张的票子，用两根白纸条扎得紧紧的。他扭头看我，笑了。

我问："这是你的钱？"

他摇摇头。

"是你爸的钱？"

他还是摇头。我好像明白了什么。

"你别问了，这些钱我们平分。"

我摇头。

"钱是我们一起偷的，你不想平分？"

我把头摇得更厉害了。

"分不分都一样，反正是你偷的！"

我急了。我说："不，我没偷，是你让我偷的！"

他一把揪住我的领口说："是你偷的，警察知道的话肯定会把你抓走，到时候所有的人都知道你是小偷！"

我吓得浑身发抖。我想哭，还没哭出来就听到他大声吼道："不许哭！再哭把你扔下去！"

我不敢哭，想尿。可坐在地上尿不出来，只能憋着，憋着憋着就醒了。

我下床直奔厕所，撒了一泡长长的尿，感觉轻松多了。

门响了一下，是我爸，见我没睡着，走到床前照我脑袋扇了一巴掌，“小狗日的不好好上学成天到处鬼混！”

我“哎呦”叫了一声，我妈醒了，对我爸说：“你三更半夜回来发什么酒疯，他明天还要上学呢！”

“他上个屁的学，老子碰到他们班主任，说他每天屁股没坐热就开溜了。”我爸说完又要打人，被我妈拦下来，她说：“有什么明天再说！”

我接着睡。我以为跟踪的事被他发觉了，看来没有。很快就听到了他的鼾声。我想他肯定没交房租，不然拿什么给白医生买高跟鞋？我开始为我妈担心，她又要怄气了。想着想着又睡着了。

清早趁我爸还没起床我就出门了。走到巷子口看见了张老三，他身后跟着两个警察，手里拎着一只黑色箱子。后面还有两个人，穿着平常的衣服，不过胸前挂着警察的牌牌。一个看上去很年轻，个子高高的，长得很帅；一个看上去跟我爸年纪差不多，留小平头。

朱爹爹问张老三：“怎么啦，又被盗了？”

张老三摇摇头说：“见鬼，这是第三回。”

朱爹爹笑着说：“你屋里肯定放着金银财宝，被强盗盯上了。”

说完不打紧，小平头过来问朱爹爹：“您昨晚听到什么动静没？”小平头说的是武汉话。

朱爹爹说：“还莫说，昨天晚上当真听到动静了。”

于是小平头对前头的两个警察说：“你们先去勘查现场。”又对高个子说：“我们就在下面问一下情况。”

我想看看勘查现场是怎么回事。张老三他们上楼后我也跟着上去了。在门口，张老三说：“我早上起来到处找裤子，后来在楼梯找到了，荷包里的手机冇得了。”一个警察拿出照相机“咔嚓咔嚓”拍照；另一个警察戴上白手套，从黑箱子里取出一只手电筒，往门锁上照了照，问：“晚上冇拴？”张老三说：“冇拴。”警察说：“冇拴等于冇关，一插就开了。”警察收起手电筒，换成一只形状扁扁的灯，在地板上照来照去。从灯里射出来的光很亮很刺眼，地上的灰和头发丝一清二楚。张老三说：“地上肯定有小偷的脚印。”警察摇摇头说：“太脏了，乱七八糟，像个垃圾堆。”张老三不好意思说：“是的是的，我是个光棍，冇得时间管这些……”我朝四周瞅了瞅，看见床上桌上地上到处堆着东西，屋里满是鱼腥味和臭袜子味。警察又把一种黑粉子涂在柜子和窗户上。张老三问：“有指纹吗？”警察还是摇头，说：“灰太厚。”又说：“有空收拾收拾，你看这屋里哪能住人呢？”张老三挠挠脑袋说“是的是的”。

我下楼来到朱爹爹的店里，他说得正起劲呢：“……大概两三点钟的样子，我听到窗子上有响动，我怕有人偷我的东西，就把灯打开，吼了一声，半天没得动静，后来我把灯关了，接着听到有人从窗子上跳下来，跑了。”

小平头点头说：“小偷大多选择这个时间段作案，这个时候人处于熟睡期，不会被惊醒。”

一旁的高个子忙着在笔记本上做记录。

不一会儿楼上的两个警察下来了，冲这边喊：“杜队，现场搞完了。”

小平头应了一声，之后对朱爹爹说：“您老人家这店东西多，一定要加强防范，发现可疑的人随时给我们打电话。”说完把一张小卡片递给了朱爹爹。

出门的时候他摸摸我的脑袋问朱爹爹：“您孙子？”

我说：“不是的，我是三楼的。”

他笑着对我说：“晚上记得把门锁好。”

我好奇地看了看朱爹爹手里的卡片，上面写着一串电话号码，还有“武汉市江岸区公安分局刑警大队”和“杜凡”。我想“杜凡”是小平头的名字。

接着上学去。路上看到白医生，穿着昨天的那双高跟鞋，“噔噔噔”昂首挺胸地走着。她的奶子肯定很大，走路的时候胸前一晃一晃的。等她走过去我又回头瞄了她的屁股，比我妈的大两个还不止！

快到学校的时候远远地看到一个人，简直不敢相信，是周雨！他换了一身衣服，仍然是校服，不是先前的十六中，是二中。

“你不是被警察抓走了吗？”我这才看见他的右眼是青紫的。

他觉得奇怪：“你怎么知道我被抓走了？”

“警察抓你的时候我就在旁边，还有一个穿花衬衣的人，你去他家偷东西被他发现了。”

他左右看了看：“不说了，我们去老地方。”

我们来到水塔。

喝口红提我问：“怎么这么快就放你出来了？”

“我只有十四岁，是未成年，他们拿我没办法，”又问，“钱带来了吗？”

我打开书包，从里头摸出一个铅笔袋，拉开拉链，掏出一沓钱，整整一千。

周雨点了一遍，抽出一张递给我：“说好了，你留一百。”

我接了。我问："这些钱算你借的吗？"

"当然，算借的，以后还给你。"他吐出一口烟，"怎么，不放心？"

我看他的眼神狠狠的，忙说："没有，只是……不知道你借钱干什么。"

他把烟头踩了："那是我的事！"

我们抬头默不作声地看着远处。远处是高楼，是城市，我去过，马路比家里还干净，人也打扮得漂漂亮亮的，不像三眼桥的人，要么光着膀子要么灰头土脸。

"住在那里该多好，为什么我不能住在那里呢？"我自言自语地说。

"你是三眼桥的孩子。"

"你呢？不也是三眼桥的孩子吗？"

他没有点头，也没有摇头，突然起身说："走，我们到那里去！"

"哪里？"

"那里呀，有高楼的地方，走，我带你去！"

我们走出水塔。周雨这时说："你在这里等一下，我忘了一个东西。"

他返回去，用钥匙把铁门打开钻进去，又把门合上。我觉得有点不对头，他好像不想让我看见什么。他在搞什么鬼？我猫着腰轻轻走过去，贴着门缝，看见他从墙上卸下一块砖，从里面摸出一张小卡片，是张银灰色的塑料卡片，之后又将那块砖放回了原处。

我们像以前那样一前一后走着，从这条巷子钻进另外一条巷子，直到马路突然变宽，眼前突然敞亮起来。

我们穿过斑马线，沿着一条有花坛的街道往前走。花坛里满是盛开的鲜花，有蜜蜂在花丛里飞来飞去。两旁还有很高的树，走在树底下感觉很阴凉。踏上几步台阶我们来到一条铺着白色碎石子的小路上，四周种着竹子，还有水池，里头有很多金鱼在游来游去。

我问周雨，“这是个公园吧？”

“不是，这里是武汉天地。”

“武汉天地？”

“是个小区，武汉最贵的楼盘，三万一平米。”

我讨厌数字。再说多少钱一平米跟我有什么关系？

我们继续走着，眼前出现一条小街，有咖啡店、蛋糕店、鲜花店，门口都摆着漂亮的圆桌和椅子，桌子上撑把很大的伞。周雨走进一家店子，从里面端出两杯冰激凌，然后我们坐在外面的椅子上吃起来。

“真好吃。”

“意大利的。”周雨说了一句英语。我没听懂，抬头看看招牌，果然全是英文。

“很贵吧？”

“你的红提一百二十八。”

我吐了舌头。这些钱在三眼桥能买多少杯红提？我算了一下，没算出来。

“这条街怎么没人？”

“白天都在上班，晚上全是人。”他一边吃冰激凌一边拿眼睛到处瞅。

“你来过？”

“我以前住这儿……”他想都没想地说。

我很惊讶，瞪大眼睛看着他。

他忙说："那是以前……以前的事。"

我突然觉得他很神秘。是的，刚才就有这种感觉。当他在水塔上说"你是三眼桥的孩子"的时候，就觉得这话听起来怪怪的，很想纠正一下，他应该说"我们是三眼桥的孩子"。我又看了看他的校服，上面写着"武汉二中"，而之前他一直穿着十六中的校服。我发觉，我跟他鬼混了半年，连他住哪儿都不知道，他叫什么、有多大年纪、上几年级也全是他自己说的。

他朝对面使了一个眼神说："这些全是联排别墅，没有院墙和防盗网，只有摄像头。"

我这才明白，我们来这儿不仅仅是为了吃冰激凌。

"看到中间挂蓝窗帘的吗？窗户开着，你可以直接翻进去，那儿没有摄像头。"

我把杯沿舔了一圈，然后朝那个方向走过去。

从窗户跳下来感觉软软的，是块毛茸茸的毯子。沙发摸起来也软软的。茶几很大，上面放着几本杂志，全是英文。再看看电视就更大了，像块黑板。厨房很整洁，到处都是亮晶晶的东西。屋里非常安静，楼上有三个房间，门都是敞开的。有间房很大，床也很大，方方正正的，床脚有四根又粗又高的柱子，上面雕满花纹。旁边有张很窄的小床，有漂亮的靠背和同样雕满花纹的腿。至于窗户，有一面墙那么大，隔着纱一样的窗帘能看见阳台上的花和草。另一间房稍微小一点，里头是张单人床，铺着厚厚的格子床单，我在上面坐了一下，就像一块海绵。还有一间房全是书柜和书，有张很旧但很干净的桌子，桌子前面有把怪模怪样的靠背椅，上面放着一个咖啡色包包。我把包包打开，里面露出成沓的钱！

我从窗户跳下来，然后一直往前走。中途回头看了一眼，周雨远远地跟着。

我不停地走，感觉肩上的包包越变越沉。我不会认路，走着走着发现前面是堵墙。

周雨这时跟上来了，“你走那么快干嘛？”

“我怕。”

“你怕什么？”

“我偷了很多钱！”

“你跟在我后面！”

我们一前一后走着，快到三眼桥的时候我说：“我……我实在走不动了。”

“再坚持一下，马上就到了！”

就这样一直走到水塔。

他把钱倒出来，一堆。数了数，十二沓，每沓一万，也就是十二万。他笑了。每次看到钱他都会笑。

“我想全部存起来。”他说。

“全部？”

“是的，全部。你也要吗？你要这么多钱没用。”

我没说什么。我走累了，满头是汗。

他把钱塞进包包，然后开始抽烟。

我边擦汗边说：“周雨，我怕。”

“怕什么？”

“昨天晚上，我楼下张老三家被偷了。”

“跟你有什么关系，你偷的？”

“不是……警察来了，到处找脚印，还有指纹。”

“不是你偷的你怕个毛！”

“我……还是怕，怕得要命！警察也会去刚才的那个房子，他们肯定能找到我的脚印和指纹，他们有很多办法，我亲眼看到的……”

“不会的，再说，你是个小屁孩，不到十岁，就算抓到了也拿你没办法，你跟我一样，是未成年人。”

我想警察会抓到我的，一定会。我好像听到警车的叫声，看见早上的两个警察从车里走出来，手里提着黑箱子，然后走进刚才的那间房子，他们用扁平的灯在地板上窗户上照来照去，一个警察对另一个警察说，你看，这里有脚印，小偷是个小孩子，估计十岁左右。另一个警察说，窗玻璃上有指纹，非常清楚……

我越想越怕。

周雨拍拍我的肩膀：“走，带你到万达，那里的电玩城比三眼桥的强一百倍。”

我不想动，被他扯了两下，只好起身。

我一点心情也没有，倒是周雨玩得挺开心。不知道怎么搞的，觉得甜筒吃到嘴里什么味道都没有。

接近放学的时候回家了。朱爹爹看见我说：“回去看看你妈，你妈在菜场晕倒了。”

我连忙上楼，看见我妈半靠在床头，脸白得像纸。

我摸着她的脸问：“妈，你不舒服吗？”

“……站着站着眼睛发黑，就倒在地上了，是别人扶我回来的。”她的声音听起来有气无力。

我拉着她的手说：“妈，我陪你去医院！”

她摇摇头说：“喝了一点糖茶，好多了。”

我看见床头的杯子里面有些红糖水。我说：“我再去冲一杯。”

“不喝了，”她抓住我的手问，“小可，你今天上学了吗？”

“上了呀。”

“你又骗我。”

我不作声了。

“你要上学，知道吗？”

我点点头。

“不上学长大了没有饭吃。”

我又点点头。

她把我搂在怀里：“小可，妈病了，活不长了，妈如果死了的话就没人管你了，你爸是不会管你的，以后你得自己管自己……”

“妈，你不会死的，我不想你死。”说完我把她抱得紧紧的，生怕她死了。她真瘦，身上净是骨头。

“妈也不想死，妈死了你怎么办……”

“妈我不让你死我不让你死！”

“妈就是放不下你，你才这么大一点，小可……我的儿。”

妈说着“呜呜”地哭起来，我也“呜呜”地哭起来。

我跟我妈就这么抱着，一直哭到天黑。我知道我妈不想死，可她太穷了，没钱治病。我爸是不会管她的，也许还盼她早点死呢，好跟那头肥猪睡在一起。

我得想想办法，不能眼睁睁看着我妈死掉。

我想到周雨。我的钱总是被他借走，一千两千，总共七八千吧，也许有一两万。他说以后还给我，他会还吗？以前我们把偷来的钱平分，然后他再向我借。可今天的十二万，他根本没说平分，而是一分不留全拿走了，还说我要钱没有用。他把我当孩子，一个什么都不懂的孩子，一个只喜欢喝红提奶茶玩游戏机的孩子。

睡觉前我帮我妈揉肚子。她嘱咐说："不要动煤气灶底下的搪瓷碗，里头的饭拌了老鼠药的。"过了一会儿又说："你爸这段时间每天三更半夜才回来，听别人讲，他跟诊所的白医生好上了。"

我不敢吱声，怕一不小心说漏了嘴。

接着听她小声嘀咕一句："不就是胸前多了两坨肉？"

我看了看我妈，胸前瘦得只剩排骨。

我跟周雨来到水塔。他看上去精神很好，很爽的样子。昨天独吞了十二万，当然爽了。他说了很多好玩的地方和好吃的东西，我都没听进去。我垂着头一句话也不想说。

他朝我脸上喷了一口烟说："怎么啦，怕被警察抓？我被抓了多少次已经不记得了，警察拿我们没办法，一点办法都没有。"他拍拍我的脑袋，就像拍一只小狗，一只温顺的听话的小狗。

"你能把钱还我吗？"我忍不住问。

“你说什么？”他有点意外，“我没听清楚……”

“把钱还给我。”我又说了一遍。

“还给你？你要钱干什么？”

“给我妈治病。”

“你妈？你妈病了？”他皱了皱眉头。

“她肚子里长了一个瘤，要做手术，得五万块钱。”

他没说什么，只顾抽烟。我摇着他的胳膊说：“周雨，你把钱还给我吧，我要给我妈治病，我妈要死了，真的要死了。”

说完我的眼泪掉了下来。

他把头埋在膝盖上，一句话也不说。

我使劲摇他的胳膊，哭着说：“我妈要死了，我不想她死，你把钱还我吧，我想给我妈治病！”

他突然抬起头来，我以为他会恶狠狠瞪着我，或者朝我大吼，但不是这样，他的眼眶也湿湿的。

“好吧，我给你五万，但有个条件，你要答应我。”

“什么条件？”

“今天再搞一次，最后一次。”好像怕我不放心，他又说：“完了一定给你！”

我们穿过巷子越过斑马线又来到武汉天地。周雨让我在一张椅子上坐会儿，他说：“我去转一圈，你在这里等我。”

我点点头，我知道他是去踩点。

巴不得时间快点过去。我的心思完全不在这里。这里的花和草，这里的人，这里的每一样东西跟我都没有关系。我只想拿到钱，五万块钱。眼前是医生把我妈推进手术室的画面，我在走廊上等着，很焦急。

过了差不多十分钟的样子他回来了，接过我的书包说："顺着这条路往前走，到头往右拐是栋单元楼，二楼靠左边的一家没人，一楼阳台旁边有个空调，你可以从栏杆爬上空调，再从空调爬到二楼，我在这里等你。"

我很快找到那栋楼，又很快翻进二楼的阳台。地板明晃晃的照得见人，中间围着一圈奶白色的皮沙发，茶几很宽大，像张单人床，上面有竹子编成的大盘子，装着成串的葡萄和一些叫不出名字的水果。贴墙有个柜子，里面摆满了酒瓶子。有扇房门开着，我走进去看了一眼，墙上画着蓝天白云和向日葵，有张像滑滑梯的高低床，地上到处是玩具，火车直升飞机坦克公共汽车都有，还有大大小小各不相同的球，像个幼儿园。对面的一扇门关着，轻轻推了一下，没锁。里面黑漆漆的什么也看不见。摸摸门口的开关把灯打开——我吓坏了，原来床上躺着两个人！

一个男的突然坐起身来，用眼睛直勾勾地看着我。我转身出门，从阳台直接跳下来，然后撒腿便跑。

我听到男的站在阳台上喊，抓小偷！抓小偷！

跑到一半的时候听到身后有脚步声，回头看了一眼，是个保安。我吓得没命地跑，远远地看见周雨。他也看见我了，把书包搭在肩膀上扭头就跑。他比我快，一下子就没影了。跑到小区门口的时候站在岗亭里的一名保安也赶出来，保安跑得很快，眼看就要抓到我，一弯腰我从栏杆下面钻了出去，之后穿过马路一阵疯跑。路上的车很多，开得也快，我差点被一辆车撞倒。我听到刹车的声音和汽车相撞的声音，接连响了几下，估计好几台车撞在一起了。我没时间回头看。对面有很多商店，还有一个人很多的广场，我在人群里钻来钻去，一不小心扑在别人身上，是个女的，她"啊"地尖叫一声，一杯饮料全泼在我脸上，冰凉冰凉的。我继续跑，直到钻进一旁的树林。我躲在里面不敢出声。周雨呢？鬼知道他在哪里。我的书包还在他手上，不会被他弄丢吧？千万不能落到保安手里，课本作业本写了我的学校班级姓名，一下就能找到我。他没被捉住吧？他虽然个子高但没我灵巧，可能跑着跑着摔了一跤，或者跑着跑着发现是死路一条。也许已经被保安抓住，交给警察了。我不敢出去，保安肯定报了警，会有很多警察赶过来。他们肯定会四处搜查。

我躲在树丛里胡思乱想。今天不管怎样一定要拿到钱。拿到以后怎么跟我妈说呢？路上捡的？一听就是假话。别人给的？就更假了。一块两块还行，谁会给这么多？要么是亿万富翁，要么是神经病。

我挠挠脑袋，终于挠出一个主意。我爸不是经常买彩票吗？有时他拍拍自己的光头说："中奖了！"

"中了多少钱？"我妈问。

"五块。"

"连本都不够。"

我爸很蠢，而且运气不好。运气好也没用，他从来不管我妈，还有我。用我妈的话讲——"只顾自己快活"。中了奖他会买很多很多高跟鞋，把白医生的房间堆得满满的。

就说五万块钱是我买彩票中的！我妈肯定会抱着我美美地亲上一口。她一直认为我比我爸聪明。

想着想着开始打盹。好像是教室。同学们都老老实实地坐在里面。班主任从外面走进来，跟平时一样板着脸。她身后跟着两个警察。我认出来了，就是在张老三家里看到的那两个警察。三个人笔笔直直地走到我跟前。两个警察当着全班同学的面给我戴上手铐，班主任说："万小可是个可耻的小偷，警察叔叔在盗窃现场发现了他的指纹和脚印，现在，警察叔叔马上送他去监狱，让他一辈子待在里面，同学们，你们说好不好？"同学们齐声说："好！"

接着眼前突然开阔了。是校门口。周雨把一只塑料袋递给我，袋子是半透明的，能看见里面的钱。没错，五万块钱！我伸手去接，他却收回去，我连忙拽住，他也拽，一用劲，袋子破了。

突然就醒了，发现手里紧紧地捏着一把草。透过树叶看看天空，可能到了下午吧。我得走了。我得找到周雨。今天无论如何都要找到他，找他要钱。

去哪里找？网吧电玩城水塔？我想先去网吧，周雨说他经常在网吧包夜。我回到三眼桥。我知道很多黑网吧，里面全是像周雨或者像我这么大的学生。我知道黑网吧藏在哪里。我一家一家地找，直到看见三五成群的学生背着书包放学回家，直到天要黑下来也没有找到。

我被他骗了。他是个骗子。昨天在武汉天地的时候，他说他以前就住在那儿。我听得清清楚楚。他现在住哪儿我不知道，但肯定不是三眼桥。他不是三眼桥的孩子。

他今天是故意的，想甩掉我，免得我向他要钱。或者他早就设计好了，让保安抓住我，然后交给警察，然后把我关进监狱。我进监狱他就省心了，再也不会找他要钱了。从头到尾他都在耍我，像耍猴一样。刚开始假装借钱，其实根本没打算还……我把十二万交给他的时候他说“我要把这些钱全部存起来”，好像这些钱跟我一点关系都没有！

也许再也见不到他了，也许他早就溜了，现在正躲在哪个地方快活呢！

我想起水塔。他把一张银灰色卡片藏在那里。那是一张银行卡，用它可以存钱也可以取钱，我爸有一张，我看他用过。

半路上我捡了一根钢筋，之后用它撬开门上的挂锁。我找到那块松动的砖，可是，后面什么也没有。

天黑压压的，电闪雷鸣，一会儿下起雨来。回家的路上心情糟透了。我真蠢！一分钱没要到反倒把书包弄丢了。我不想回家，现在两手空空，我妈一看就知道我没去上学，她又会怄气了。

我真该死！不如被一道闪电劈死算了！我淋得透湿，在雨里漫无目的地走着。

可终归还是得回家，我妈会等我，越晚她越着急。

推门看见我妈坐在地上，周围乱糟糟的，到处是摔碎的碗和油瓶子，还有烤鸭和装烤鸭的盆子。

我连忙把她扶到床上，我问："妈，你摔倒了吗？"

刚开口她的泪珠子就"唰唰"地往下掉，她说："你爸没交房租……全买了彩票。我问他……他不高兴，还打我。"

"他人呢？"

我妈边哭边摇头。我扭头就出去了。我妈在后面喊了几声，我没有答应。

我一路跑着，直到爬上白医生对面的楼顶。白医生的厨房亮着灯，里面有人在说笑。

从我站的地方正好能看见白医生肥嘟嘟的脸。她在吃饭，一边自己吃，一边把菜塞进对面的嘴巴里。一会儿还举起酒杯跟对面的人干杯，然后美美地啜上一口。对面的人是谁？听声音不像我爸。我爸是个大嗓门，说天门话。可这个人的声音很小，嗡里嗡气的。两个人喝得很开心，有时对面的人给白医生倒酒，有时白医生给对面的人倒酒。他们喝的酒黄澄澄的，我知道，是酒坛子里面的酒。我往卧室里瞄了一眼，镜子下面又多了一双崭新的高跟鞋。

我没有继续看，走了。

晚上我妈要我跟她一起睡。我一边给她揉肚子一边说："马上要放暑假了，我帮你卖烤鸭，还可以帮你洗衣服做饭。"

她摸摸我的脸，又摸摸我的头发，什么也没说。

一大早我像往常一样出了门，在巷子口又碰到那两个拎黑箱子的警察。

等他们走远了我问朱爹爹："又有谁家被偷了吗？"

"天天都有被偷的，三眼桥只有拆了才能安神。"

"拆了我们住哪儿？"

"住高楼。"

"住高楼多好！"

"住不起呀，三眼桥的人哪住得起？一套房子上百万。"

在学校没坐几分钟我又溜出来了。我想碰碰运气，看能不能找到周雨。

不过之前我得干一件重要的事情。我一步不停地来到昨晚待过的平台，熟练地跨到对面，然后从窗户翻了进去。

这次我没动屋里的任何东西，包括饭桌上的鸭脖子。

接下来从一条巷子钻到另外一条巷子，去了我能想到的所有的地方。

没看到周雨。他溜了，带着银行卡和里头的钱。

我被他耍了。我太蠢了。

我来到"台湾时尚奶茶"。老板看我的眼神有点怪怪的。

"红提？"

我点点头。

我准备问一句但吞了回去。

之后来到水塔，在平台上懒懒地睡了一觉。

等天色变暗我像往常一样回家了。推开门，闻到一股很浓的腥味。屋里没人，静悄悄的。再仔细看，我妈趴在地上，脸朝下直挺挺地趴在地上。我喊了一声"妈"，然后用尽力气将她翻过来。她的眼睛微微张开，有鼻涕一样的黏黏的东西从鼻孔和嘴巴里流出来。她身上冰凉，已经死了。

我大声哭喊："妈，妈，你不能死，你不能死！"

后来张老三来了，还有隔壁左右的人。有的说叫救护车，有的说人都死了叫救护车没用干脆打殡仪馆的电话，有的说打她男人的电话打了十几遍都没人接，有的说她身上有味道可能是喝药水死的，有的拿床头的茶杯闻了一下说可能是老鼠药，于是问我家里有没有老鼠药。我把床底下的纸盒子打开，里头果然一包不剩。我记得清早打开盒子时里头有四包，我拿了两包，里面应该还剩两包。

我妈肯定把剩下的两包全喝了。她死得太惨了。怪不得昨天晚上她要我跟她睡，把我搂得紧紧的，一下子都不想松开。原来她早就有了死的心思。她没钱治病，我爸不管她，只知道跟别的女人鬼混。我也不争气，不好好上学，还偷东西。她活不下去了，倒不如早点死，死了不用操心烤鸭卖不出去，操心房租，操心我逃学……

她死了更好，死了肚子就不会疼了，一了百了。我觉得我妈还是死了好。这样想，心里好受多了。

过了一会儿，有人想帮我妈换套干净衣服，她们在箱子里面找了半天也没找到一件像样的衣服，一个劲地摇头，叹息我妈可怜。听她们这么说，我又哭了起来。

这时张老三慌慌张张地跑进来。刚才有人让他跑腿，去街上买块白布。他好像碰到什么不好的事情，脸都吓白了。有人问他怎么了，他看了看我，然后朝问话的人使眼色，就出去了。接着所有的人都出去了，在外面嘀嘀咕咕。隐隐约约听到有人说到我爸，还有警察和救护车什么的，还有白医生。

不一会儿张老三进来了，身后跟着两个人，小平头和高个子。

张老三指着我说："他就是万小可，万友发的儿子。"又对我说："他们是刑警，找你了解情况，好好说，别怕！"说完就出去了。

我知道刑警，专门破案的警察。他们不穿警察的衣服，不过总带着枪，而且很有本事，能很快抓获杀人凶手，小偷就更不在话下了。我想这下完蛋了，最担心的事情终于发生了，梦终于变成了现实。他们肯定发现了很多指纹和鞋印，在我偷过东西的地方，证明这些案子都是我干的。

高个子在包里找什么？手铐吗？我知道迟早有这么一天，没想到是现在。我妈刚死，就躺在他们身后，脸上蒙着张老三刚刚买回来的白布。

她死了也好。看着我被警察抓走一样会被气死。

不过还是希望她没死，没死的话我能喊妈，喊救命，往她怀里钻。

我想跑。可他们坐在对面，伸手就能将我抓住。我越想越怕，哇地哭了起来。

小平头说："别哭了小可，我们只是问问你爸爸的一些情况，就几个简单的问题，好吗？"

听说是我爸的情况，我稍稍松了口气。小平头开始问我问题，高个子在本子上做记录。小平头问我爸白天干什么喜欢去什么地方晚上回不回家什么时候回家，又问最近一段时间有什么反常，比如有没有做些反常的举动说些反常的话之类的。我把我爸打我妈的事讲了，把我跟踪我爸的事也讲了，但讲到我爸拎着鞋盒子去白医生家就没有往下讲了。

然后他们走了。奇怪，他们压根没有提我偷东西的事。

然后殡仪馆的人来了，用一副不锈钢担架将我妈抬走了。

晚上到楼下跟张老三挤着睡。他"吧嗒吧嗒"嘴巴说："打了无数个电话，一个亲戚都没找到，怎么给你爸你妈送葬呢？"

我一骨碌爬起来问："你刚才说什么？我爸也死了？"

"哎呦你看我这张嘴！"张老三扇了自己一巴掌，叹口气说，"早晚要知道的，知道了也好，你爸被白医生毒死了，你爸去白医生家喝酒，哪知道白医生在酒里下了毒。"

"白医生也死了？"

"她死个屁。"

“白医生没喝酒吗？”

“废话！白医生下的毒，自己怎么会喝呢？她说回家看见你爸倒在厨房，身旁还有摔碎的酒杯。她跟警察说谎，说你爸是酒精中毒死的，结果法医化验酒里有毒。这是刚才听警察说的。他们把白医生抓走了，听他们说，她抓住门框死活不肯走，四个警察捉胳膊捉腿费了老大的劲才把她弄上警车。”

“白医生为什么要毒死我爸？”

“白医生跟你爸是相好，最近她跟另外一个男的好上了，算了算了说了你不懂的……”

第二天将近中午的时候朱爹爹颤颤巍巍地走上来，手里拎着一个书包，竟然是我的书包。他说：“有个学生伢送来的，说是你的书包，里头还留了一张条子。”

我接过来，在最外层的口袋里找到那张纸条，看了一眼就起身出去了。

我直奔“台湾时尚奶茶”。在巷子口我买了一包老鼠药，之后来到奶茶店，跟老板要了一杯红提一杯芋圆。

我来到水塔。在塔顶我掏出纸条，上面写着：下午两点水塔见。时间快到了。我把纸条揉成一团，远远地扔了。

他上来了。穿着新衣服新鞋子，头发也刚刚剪过。他现在有钱了，想怎样就怎样。

他什么也不说，也不敢看我，一副做了亏心事的样子。

“你的。”我把芋圆递给他。

“谢谢。”以前他从来没说过这两个字。

“我妈死了。”

“知道。”

“我爸也死了。”

“知道，你楼下的爹爹跟我讲了。”

“你为什么骗我？”

他低着头不说话。

“如果你把钱还给我，我就可以给我妈治病，我妈就不会死！”

他不说话。

“周雨，我妈是你害死的！”

他还是不说话，只是掏出烟来，点着了。

“我妈妈……也死了，”过了好半天他说，“也是昨天死的。”

我愣了一下，仔细看，他的眼泡果然肿肿的。

“说了你可能不信，我爸爸是台湾人，很早来大陆做生意，后来认识我妈妈，结婚，之后生了我。我爸爸五年前在武汉开了一家工厂，然后全家搬到武汉，就住在武汉天地。前年，他的工厂出现了一点问题，需要一笔钱，就把武汉天地的房子卖了，卖了一千万，不够，后来把他的奔驰车卖了，再后来又把我妈妈的路虎也卖了，把这些钱全部投进去了。可是……还是垮了。我们只有租房子，就这么过了一段时间。突然有一天，我妈妈怎么也打不通我爸爸的电话，一连几天也看不到人，就报警，警察调查后发现，他已经回台湾了，在失踪的那天晚上。”

他把杯子摇晃了两下，然后凑到嘴边。我心里“砰砰”乱跳。

“警察让我妈妈去台湾找他。可是，我妈妈从来没有去过台湾，每次她提出去台湾就被我爸爸用各种理由推脱掉，她只知道我爸爸是花莲人，有父母亲和一个哥哥，她从没见过他们，只见过照片。再后来她找到我爸爸的一个朋友，也是台湾人，问他，求他，终于打听到实情。原来我爸爸在台湾早就结婚了，还有两个孩子。我妈妈回来就病倒了，没完没了地发烧，怎么打针也退不下来。嘴巴鼻子开始出血，起初以为是烧成这样的，后来觉得不对头，去医院做检查，竟然是白血病。接着就住院做化疗，隔半个月做一次，头发很快掉光了，还有牙齿……”

他咬了一下吸管。不过看得出来，他没有喝下去的意思。我暗自着急。

“我妈妈住院前前后后花了几十万，把所有的积蓄全花光了，还找朋友借了一点。医生说要保住性命还得做骨髓移植，至少得二十五万。之前我在二中上学，成绩挺好的。发生这些事情后我就没有心思上学了，整天到处游荡。我爸爸去台湾以后，我跟我妈妈在三眼桥租住了一段时间，我发现这里有很多黑网吧，不用身份证，给钱就行。后来白天晚上都泡在这里。没钱就开始偷，运气不好的时候也会被抓进去，不过马上又放出来，接着又进去，然后又出来，到后来就无所谓了。”

这时他转过头来问我：“还记得我们第一次认识吗？”

我点了一下头：“记得，在电玩城。”

“其实，你的报名费是我偷走的，两百块钱。你当时玩得太专心了。后来看见你在那里哭，我走过去问你，你说报名费丢了，我就把钱借给你，是不是这样？其实……我一直想找个同伙，或者说搭档。你长得瘦小，比猴子还机灵，做搭档最合适不过了。有你加入后，我卡上的钱很快多了起来，开始几千，很快变成几万，到现在有十八万！”

他竟然“呵呵”地笑了。亏他笑得出来！是的，他说得没错，他一直把我当猴子耍来耍去。他应该咬住吸管一口喝光。

“只要你手上的钱稍微多一点，就会被我借走，只给你一点零花钱。你现在可能猜到我是为什么吧？我想凑足二十五万。我妈妈等着骨髓配型，一旦配型成功马上要做移植手术，当然，得先交钱。最近一段时间，我妈妈的状况越来越差，医院也着急起来，我也着急起来。医院着急配型，我着急钱，所以我带你到处跑，从三眼桥跑到市区。”

可能觉得颜色有些不对头，他把杯子举到眼前仔细看了看，之后又放下来，拿在手里继续摇晃。

“前天早上你找我要五万块钱，说给你妈妈动手术。你哭了，说你妈妈要死了，你不想她死，要我把钱还给你。其实我也哭了……我们都一样，我们都爱自己的妈妈，不想她们死，她们死了我们就成了没妈妈的孩子。可是……我没有给你，医院刚刚完成配型，马上要进行移植手术。我不能给你，给你的话我妈妈怎么办？所以我想再搞一笔，最后一笔，不管多少，我都会把五万块钱给你。结果……结果被人发现了。我找了半天也没有找到你，我想你肯定被保安逮住了。”

也许他说的是真的。

“我背着你的书包去了医院，我妈妈的床头亮着红灯，一帮医生正在抢救，熬到昨天凌晨……还是死了。昨天我大伯找到我，也就是我爸爸的哥哥，他专程从台湾赶来，带着一笔钱，准备把它交给我妈妈。只是晚了一步，我妈妈已经送到太平间了。是我爷爷派大伯赶过来的。我爷爷在花莲很有名望，他一直不知道我爸爸跟我妈妈的事，直到几天前从武汉台商会的一个朋友那里得知这件事。大伯说爷爷骂我爸爸，还动手打了他……”

他把杯子放在地上。

“我妈妈死后，大伯跟爷爷打了电话，爷爷在电话里叮嘱，一定要把我带回去。”

“那……你要到台湾去吗？”

“是的。”

我又看了他一眼。他换了发型，脸也白白净净的，真有点像台湾人。当然，还有说话的腔调。

“下面的锁是你撬的吗？”他问。

我点点头。

“你是在找这个吧？”他从口袋里掏出那张银行卡，之后递过来。我没接。他挪近一步，拉住我的手，把卡放在手上。

“里面有十八万，密码写在反面。”

“我不要！”

“拿着吧，小可，算我求你了！”

“我要钱的时候你不给我，现在我妈死了，要钱还有什么用？再多的钱也不能把我妈换回来！”我哭着说，“不然我妈就不会死……我妈是被你害死的！”

他也哭了，一下子抱住我，哭着说：“对不起小可，那天我应该把钱给你，我真的很后悔……不过你妈妈不是我害死的，你妈妈是被你爸爸害死的，你爸爸在你妈妈的茶杯里放了老鼠药，把她给毒死了！”

我把他推开说：“你骗人！”

“知道你不会相信，可是，我是亲耳听到的！”他抹了眼泪说，“我妈妈刚生病的时候找过白医生，就是那个开黑诊所的胖女人，她说用偏方能治好我妈妈的病。后来才知道她是骗人的，她连行医资格都没有。我妈妈在她那里治疗了半年多时间，前前后后花了七八万块钱，结果病情越来越严重，最后只能转到大医院。大医院说我妈妈的最佳治疗期被耽误了，如果发病初期及时治疗要容易得多。我妈妈被那个肥女人害了。那个肥女人完全是为了骗钱，她给我妈妈开的草药一分钱都不值。我恨她！还记得我带你去她家吗？我想把被骗的钱偷回来，统统偷回来。”

他接着说：“我妈妈死了……我第一个想到的就是这个肥女人。她应该得到报应。我去了她家，从窗户翻进去的。奶茶店的旁边有个地摊卖老鼠药，路过的时候我买了两包，卖老鼠药的老头刚开始不卖，问买老鼠药干什么，我说家里有老鼠，是我妈妈让我买的，我妈妈病了不能下床，后来他就卖给我了。我知道白医生喜欢喝酒，我想把老鼠药撒到她的酒坛子里头，把她毒死，像毒死一只肥老鼠那样。我从窗户翻进去，刚进去就听到钥匙开门的声音，我慌了，一下钻到床底下。肥女人进来了，我能看见她的高跟鞋，后面还跟着一个人，是个男的，靸双拖鞋。两个人闷声不响地进了厨房，在里面坐下了。两个人好像不太高兴，半天没说话。后来肥女人说，你急急忙忙找我干什么？有屁快放！男的说，我在她茶杯里放了老鼠药。肥女人问，死了吗？男的说，不知道。肥女人说，丑话说在前头，我可没让你毒死你老婆，你老婆万一死了可别赖在老娘头上！男的说，我也是迫不得已，还不是为了能跟你在一起。肥女人说，谁说了要跟你在一起，谁说的？男的说，明明是你说的怎么不算数了？肥女人说，我承认我说过，那是过去的事了，已经过去了。说完摔门就走了。”

“接着呢？”

“接着听到倒酒的声音，男的把酒“咕咚”一口喝了，还摔了杯子。我当时很害怕，大气都不敢出，之后突然听到“扑通”倒地的声音。我害怕极了，实在忍不住了，就从床底下爬出来，出门的时候往厨房瞟了一眼，那个男的仰面朝天一动不动地躺在地上。后来才知道……是你爸爸。幸好……幸好我手脚没那么快，没来得及把老鼠药倒进去，要不然，我就成了毒死你爸爸的凶手！”

他看了看我，突然问一句：“你不会怀疑我吧？”

我摇了摇头。

“我觉得，那个肥女人也不像凶手……”

“你怀疑谁？”我连忙问。

“算了吧，说这些一点意义都没有。”他冲我笑了一下说，“明天我就要走了。”

“去台湾吗？”

他轻轻地点了点头：“我还会回来的，来三眼桥找你。”

“真的吗？”

“真的，一定。不过你要答应我，要好好上学。”

“我答应你。”

“到了台湾我也要好好上学……我们都要好好上学。”他站起来，指着地上的杯子说，“谢谢你的奶茶，下次，我请你喝正宗的台湾奶茶！”

说完他转身走了。

我看了看水塔下面密密匝匝的屋顶。有的地方正冒着烟，其实那不是烟，是拆迁扬起的灰尘。也许要不了多久，三眼桥会变得跟远处一样，竖起一栋栋高楼，有宽阔整洁的马路和绿树成荫的街道，两旁种着五颜六色的花和绿油油的草，再也看不到那些弯弯曲曲的巷子和黑乎乎的楼梯，还有回家的路。

我呢？我还会住在这里吗？

我突然想，如果有一天周雨从台湾回来，他去哪儿找我呢？他能找到我吗？

不知道。真的不知道。

密不透风

蝉叫得让人耳鸣，空气里没有一丝风。如果跟往常一样，我在梦湖香郡的那栋别墅肯定称得上平淡无奇。事实上我还没有入住，室内的装修也是时断时续的。

不过今天看上去热闹异常。先是一辆闪烁着警灯的警车呼啸而至，接着是第二辆。第三辆车没有任何标志，看上去灰头土脸。它们全部停在门口的甬道上。第四辆是急救车，第五辆是印有“现场勘查”字样的警用面包车。这两辆车因为体型过于庞大只能停在稍远的林荫道上。

直到一辆黑色的殡仪车缓缓抵达，将两副蒙着白布的担架塞进去之后，这些车才陆陆续续地开走。

只剩下第三辆车还停在原地。那是留着小平头的中年刑警的车。

此刻他背靠着一只没有拆封的大纸箱，似坐非坐地站在我对面。箱子里头是张书桌。我原本打算将这个房间辟为书房。

墙壁和地板裸露着，四周空荡荡的。除了这只箱子，就是我屁股下面的单人沙发。没有空调，屋里聚集着午后的炎热，感觉密不透风。

我的双手紧捂着脸。对面的人看不到我的表情，不过从肢体语言能够觉察到一个人在遭遇突如其来的打击之后的悲恸和无助，也包括几分不解。

“这么说，赵医生——车库里的那辆途锐一直是你老婆在使用？”他双手交叉抱在胸前，不时提出相关的问题。

“是的。以前我开过一段时间，后来……就像你看到的，我的体型有些肥胖，觉得开车不利于身体锻炼，于是改为骑车出行。我们住的地方离医院不远，我总是骑自行车上下班。”

“你看见大门和车库门都关闭着，先是敲门，在无人应答的情况下用钥匙打开大门，然后楼上楼下寻找了一番，最后来到车库，在那里，你看见了你不想看到的一幕——”

“是这样的，”我痛苦地摇了摇头，之后把手放下来，“一楼储藏室里头有扇门，是车库的后门，当我打开那扇门的时候，闻到一股很浓的汽车尾气的味道。车子停在里面，我打开车门，看见他们赤身裸体地躺在后排座椅上。”

“这种情形我见过不止一次了，车内闷热，只有发动汽车打开冷气才行。在车库这种相对密闭的环境里，半个小时产生的一氧化碳就足以致人死亡，”他惋惜地说，“本不该发生这种事情，他们太缺乏常识了。”转而又说：“我想知道之前的事情。”

“早上我从医院回到家里，我指的是医院附近的那套单元房子。屋里没人，当时是十点钟，我们约好中午去她爸爸妈妈家。她爸爸刚做过心脏搭桥手术。我给她打电话，始终处于无法接通状态。之后去了地下车库，没看到她的车。保安说昨晚她的车位一直空着。我又打了很多电话，包括她爸爸，都没有消息。后来，我想到这儿。这栋房子买了将近两年，因为离医院有点远，周边的配套还没有完善，一直闲置着，”我指了指他身后的纸箱子，“只是零零散散地购置了一些家具。我想，她可能又买了些什么，或许一大早接到家具公司的送货电话，就赶过来了。”

“——再之前呢？”他扬了一下眉毛。

“再之前？”

“是啊，我指昨天晚上。”

“昨天我们在武汉天地一起吃晚餐。就我们两个。昨天是我们的结婚纪念日。”

“没有发现什么异常吗？”

“没有。如果说有什么异常——中途她偷偷看了几次手机，我猜是微信。我提醒了一次，于是她把手机放进包里。是的，现在回想起来——她的神色有些不对劲。”

“看来，她有婚外恋。以前你发现过什么迹象没有？”

“没有，什么迹象都没有。我在这方面比较迟钝，也许是因为我把大多的精力花在工作上。你知道，我是一名神经外科医生，还是科室的主任。现在想想，我对她的关心太少。我……真的很失败，我从没想过她会出轨。”

“我想知道接下来的事情。”

“吃完晚餐后，她送我去了医院。我得加班，修改一份马上就要评审的课题研究报告，凌晨才上床休息。”

“在办公室？”

“是的，我的办公室有个隔间。”

“结婚纪念日去单位加班——她没有抱怨？”

“没有，她知道课题的事。值班加班对我来说是常事，她已经习惯了，也许正是这个原因她才会投入别人的怀抱。但我万万没想到的是，这个人——竟然是他！”

“你指陈医生？也就是说，直到打开车门你才知道——你老婆跟他有这种关系？”

“到现在我都不敢相信。我跟他天天在一起，相处得还算不错，不管是工作上，还是工作以外。这次的课题就是我们联手的成果。哎，这实在是一个天大的讽刺！”

“如果你不介意的话——听说陈医生也很优秀。”

“没错，留美博士，脑肿瘤方面的专家，今年三十八岁，比我小整整十岁。坦率地讲，他是个仪表堂堂、风趣幽默的家伙。没想到，他竟然——干出这种事情！”

“真巧，跟你老婆一样大。据我所知，你老婆也比你小十岁。”说到这儿他露出一丝狐疑，“你真的毫无察觉吗？”

“毫无察觉！”

他迟疑了一下，正要张嘴说话的时候手机响了。他掏出来瞟了一眼，然后匆匆走出了房间。

屋里实在闷热难耐，我揩了揩额头上的汗。

他在怀疑什么，怀疑我知晓老婆的奸情？还是其他什么……

我脑海里浮现出昨晚的片段——她送我回医院时的情景。

当时将近八点钟，天早就黑了。车到办公楼侧门的时候她探过身子吻了我。

“你不想上去吗？”我问。

“上去？你不是要修改课题报告吗？”她的微笑中夹带着一丝勉强。

“的确很紧要，不过没那么夸张，”我说，“今天是结婚纪念日，陪陪我，就一会儿……好吗？”说完我摸摸她的手，我想她明白我的意思。

“在办公室？”

“不好吗，修改报告之前我需要一点激情。”

我的办公室在十九楼，进门后我们迫不及待地亲热起来。这并不是第一次，以前我们经常这样。不过，那都是很久以前的事了。

穿上衣服后我送她到电梯，那里站着好几个人，其中的一人还跟我打了个招呼。电梯即将关闭的时候我朝她挤了一下眼睛。

随后我返回办公室，拎上一只洗漱包，转身朝走廊的另一端快步走去。那儿有一部专供医生使用的高速电梯。

走出电梯我直奔侧门，中途将手机调到静音。我按下遥控钥匙，掀起途锐的后备箱迅速地钻了进去……

约摸三分钟后我听到遥控开锁的声音，接着有人坐到驾驶座上，随后启动了汽车。

看来我干得不错。只是后备箱比预想的要狭窄，因为里头摆放着几只硌人的化妆箱。她是一名出色的化妆师，拥有自己的工作室，还经常到化妆学校授课。我肥胖的身躯只能蜷缩在这些箱子和车门之间。我谨慎地调整姿势想让自己变得好受一些，还得尽量避免跟箱子发生碰撞。

这时我听到前面响起“嘟嘟”的声音——她在拨打免提电话。

“喂，你忙完了吗？”对方很快接通了电话。声音熟悉得让人难以置信。

“当然呀，要不怎么会给你打电话呢？”她说话本就有点嗲声嗲气。此刻听上去更嗲了。

“好的，老地方等你，十分钟以后。”

真是漫长而难熬的十分钟，不仅要忍受后备箱的逼仄，还要忍受老婆跟她的情人发嗲——而我只能屏住呼吸一动不动。

车终于停了。继续行驶的时候里头多了一个人。

“气色不错，看上去结婚纪念日过得很愉快。”他说。

实在可笑，就在下午，几个小时之前，我跟他还在讨论研究报告。

“当然呀，如果不是什么研究报告，我们肯定会看场电影，以前总是这样。”

“别提狗屁报告了。刚才他说过没？下午为了这个，我们大吵了一架。”

“没有哇，他什么也没说。”

“当然不会了，他还有脸说吗？这个课题是我一手拿出来的，等申报的时候他说要考虑科室的利益，还说了一通集体荣誉之类的屁话。最后的结果是，他成了课题的第一负责人，我的名字排到了第二……”

“嘻嘻，真的吗？”

“今天下午就更可气了，他说必须把院长的名字排在第一。天哪，如果是这样，我的名字就排到第三了！他太无耻了，我们争吵起来，我说这完全背离了学术研究的道德规范。”

“他怎么说？”

“他把关于集体荣誉的大道理又说了一通，我说这么做有损课题的严肃性，他又拿支部意见威胁我，我说这是赤裸裸的学术贿赂，后来，我干脆骂他是马屁精！”

她给了对方一个响亮的吻——并非赞赏，只是想让他停住那张饶舌的嘴。

“别这样亲爱的，他想竞争副院长，谁不想干得更好？”她说。

“溜须拍马我可管不着，但不能欺压下属，他现在对我百般提防，害怕我抢了他的位置。其实我对这个位置没有一丁点儿兴趣。”

“好了亲爱的，现在只有我们两个人哦，没必要跟一个毫不相干的人生气，好吗？”

“你说得对，犯不上跟这个死胖子斗气……宝贝，我们还是去别墅吗？”

“你说呢，嘻嘻。”

“太好了宝贝，我都等不及了！”

“不用着急，他明天十点钟才能回来，我们有的是时间。”

随后我又听到一个吻，是从他嘴里传来的……

车身上下颠簸的时候我知道目的地马上就要到了。

车库门先是升起，接着降下来。下车后他们朝后门走去……灯光随之熄灭，留下一片漆黑。

冷气关闭后车内的温度开始飙升，我掀开后备箱走出来，借着手机的光线摸索着来到储藏室。一侧的窗户敞开着，微微透着风，但夜晚的暑气还没有散尽，不一会儿就浑身是汗了。

他们在楼上。两天前我来过，发现其中的一间卧室多了一台柜式空调，还有一只崭新的席梦思床垫。刚开始以为是搬运工人随意搁那儿的，后来才明白……

他们的奸情我早有耳闻，只是没有抓到把柄而已。有一天她很晚还没有回来，我给她打电话，她说在做SPA。与此同时，我听到话筒那边骤然响起手机铃声，我确信是他的手机铃声。并非凑巧，而是——我拿另外一部手机拨打了他的号码。

我靠着墙根，思考着接下来的事情。实际上我早就设计好了，不然不会出现车上的一幕。但万事必须周全，这样才能百无一疏。就像一台复杂的脑外科手术，容不得半点失误或偏差。我并不急于上楼。他们还在兴头上呢，可以等等。

一个小时之后我才踏上楼梯，朝有席梦思的那间卧室慢慢靠近。没错，从里面传来阵阵鼾声。我轻轻旋动把手，门开了，一股冷气迎面扑来，让人全身泛起鸡皮疙瘩。手机的光线很微弱，但我一眼就看到两具白晃晃的一丝不挂的躯体！

我一阵眩晕。如果过去仅仅只是怀疑，那么现在，它们变成了现实——活生生的现实！

好半天我才平静下来。但双手还是止不住地发抖。我的洗漱包里有只蓝色的玻璃瓶子，还有两副医用口罩。我把口罩整齐地叠放在地板上，之后将瓶子里面的吸入性麻醉剂缓缓地倒在上面……当我用口罩捂住他们的口鼻时，两个人只是轻轻地哼了一下就再也不吭声了。

我将他们背到车库。当然，是分两次搞定的。将他们塞进汽车后我已经浑身湿透。

他们横七竖八的姿态很难看，不过正好符合一氧化碳中毒的痛苦表象。我又返回卧室，将所有衣物一件不落地拿下来，然后小心翼翼地放进车里。我布置得很细致，甚至考虑到衣服由外至内的堆放顺序，以及挎包、手机、鞋子的恰当位置。一切的一切看起来都像一对野鸳鸯苟合时的无心之失，而我这个可怜的丈夫这会儿还正在办公室埋头于倒霉的课题报告。直到看不出任何瑕疵——我才取下他们的口罩。最后，我启动汽车打开空调，将车门重重地合上……

一阵手机铃声将我从昨夜拽回到眼前。

“你的电话响了。”小平头从外面走进来。身后跟着一个瘦高个。

“喔，是的，”我连忙掏出手机，“——是院长打来的。”

接通后我听到院长说：“跟你讲一声，明天上午我要参加一个紧急会议，课题评审会改到下午两点进行。”

我支吾着说：“恐怕……我来不了……”

“你说什么？来不了？北京和上海的评审专家今天全都飞过来了，就算天塌了也得来！你顺便通知陈医生，让他做好准备！”

“恐怕……他也来不了……”

“你……你们两个……你们赶快到我办公室来！听到没有？喂……喂……”

看到我愣在那里，小平头从我手里接过了电话。

“喂，是院长吗？”他说，“您好，我是刑侦局的侦查员，赵医生目前正在接受一起刑事调查。”

待对方回应后又说：“他们都来不了。很遗憾地告诉您，陈医生昨晚被人谋杀了。”

末了补充道：“至于赵医生，我现在正式通知您，他因为涉嫌谋杀被逮捕了！”

这句话犹如晴空霹雳，我的心猛地缩了一下，但还是厉声反驳道：“难以置信，你……你竟然这么说！”我极力摆出一副据理力争的样子，可微微发颤的音调出卖了我。

“干得不错，我差点被你蒙混过去。”他往前踱了几步，“但你没有研究痕迹学，痕迹学里有句名言：有犯罪就有痕迹。一个伪造的现场，必然会留下伪造的痕迹。假的就是假的，永远真不了。

要想伪造一个现场而不留痕迹——这是一件很难办到的事情。一个有趣的现象是当你挖空心思想把某个你认为非常重要的细节做到极致的时候，往往会在另一个细节上犯下极其低级的错误。

也许你想不明白昨晚到底是哪里出了纰漏？好吧，我现在就指出来。当你明白是怎么回事的时候，一定会觉得自己是多么的愚蠢。”

我的心几乎提到嗓子眼上了，但还是想知道答案。

“你知道，我赶到这儿的第一件事情不是找你谈话，而是查看现场。封闭的空间，耗尽燃油的汽车，两具赤裸的尸体，以及散落的衣物——一起本不应该发生的意外事件——起初我也这么认为。

我在后备箱一侧的面板上发现了几处新鲜的蹬痕，按说这个位置是不可能出现蹬痕的，只有完全卧倒才能形成。我没太在意，我在想——昨晚他们可真够疯狂的！

可是，当我看到车库的后门时，觉得有点不对劲。那扇门是朝储藏室方向开关的，门开着——没有一点问题，因为是你打开的。就像你说的，在今天早晨，当你从储藏室打开这扇门，立刻闻到一股很浓的汽车尾气的味道。而之前，门应该是严严实实地关闭的，否则就不会发生这种惨剧。”

他停下来，用一种审视的目光看着我。

“我琢磨了好半天，终于发现了问题：门上有球形拉手，分处于门的正反两面，它们应该毫无差异——可看上去偏偏有些不一样，正面的拉手蒙着厚厚的灰尘，看来很久没人碰过它，说明这扇门平时是敞开的，直到昨天晚上，它才莫名其妙地关上！那么反面的拉手呢？上面有明显的触摸痕迹。这很好解释，因为门是你打开的，这些痕迹无疑是你留下来的。

问题在于，为什么正面的把手上看不到触摸的痕迹呢？好吧，让我们回到昨天晚上，你老婆跟陈医生在车库厮混之前，必定是其中的某个人将门关上了。可以肯定，车库里面的人想要关门——必须触摸这只把手。不解的是，除了厚厚的灰尘，上面竟然看不到任何痕迹！

我想说的是他们根本没有关门！门是从外面关上的。也就是说，昨天晚上——这里另有其人。

如此一来，整个事件的性质就发生了变化——这不是一起意外事件，而是蓄意谋杀！”

说到这儿他颇有些自得地笑了一下。

“毫无疑问，这是一个低级的错误。”他说，“这就是我想告诉你的。”

“可是，”我起身争辩说，“不能仅凭这个就认为是我干的，也许是别人，比如装修工人什么的，他们也有这栋房子的钥匙！”

“呵呵，这么说也有道理，但凶手不是从大门进来的，根本用不上钥匙，”他摆摆手说，“等我把下面的话讲完，你就不会再说什么了。”

“凶手进来的方式真的很独特，是跟死者一起进来的，就躲藏在汽车的后备箱里。我倒是头一次碰到这种情况。下车后他在储藏室待了一会儿，然后来到楼上的卧室——恕我打断一下，你知道，今天我也去了这间卧室——有席梦思床垫的卧室。我闻到屋里一股奇特的味道，类似于化学试剂的味道。我以为是从席梦思床上散发出来的，还特意趴在上面嗅了嗅，没有，上面没有这种味道，倒是隐约闻到一丝香水味……

好吧，让我们紧跟凶手的脚步。他走进卧室，之后来到席梦思床跟前，在那里磨蹭了很长时间，他在干什么？我先不作定论，只知道他从这里折返到车库——有好几次呢，最后你知道吗，他径直穿过客厅，从大门走了。”

“这都是你的猜测，没有一点证据，完全是一派胡言！”我声嘶力竭地说。

“猜测？呵呵，我可没有那么神奇，”他接着说，“判定事件的性质后我通知了技术人员，他们带来很多装备，包括全波段光源。这玩意儿今天派上了用场，把凶手的作案轨迹分析得一清二楚。因为凶手的鞋底黏附着荧光粉末，肉眼很难察觉，但在全波段光源的照射下发出耀眼的荧光——我忘了告诉你，当他躲进后备箱的时候，无意中碰倒了一只小化妆箱，有块粉饼滚落出来，被他倒霉地踩碎了。这不是普通的粉饼，而是一块荧光粉饼，夜店里很流行这个，涂在脸上闪闪发亮。还有，他们在后备箱里发现了大量的指纹，这些指纹与蹬痕相互呼应，并且——跟你的指纹完全吻合！”

他不置可否地笑了一下，又说：“刚才的电话是技术部门打来的。他们对死者的血液进行了分析，确定死因是一氧化碳中毒。同时还检测出麻醉剂的成份，他们认为，两名死者在中毒之前，很可能处于麻醉剂导致的昏迷状态。想必卧室里奇特的味道就是麻醉剂的味道，这也就不难解释，为什么你在席梦思床前待了那么久……”

“这里密不透风，热得让人难受，”他朝旁边递了一个眼神，“我们还是换个地方吧。”

瘦高个随即给我戴上了手铐。

走出大门我长吁了一口气，我知道即将去哪儿，不过一点儿都不觉得紧张，反倒轻松了许多。

是的，屋里密不透风……

变焦

我喜欢捣鼓相机。其实我对拍的内容并无多大兴趣，倒觉得拍照的方式——不断调整焦距，然后由虚入实或者由实入虚——很有意思。渐渐地我发觉变焦是一种哲学，既可以使模糊不清的事物还原出本来面目，也能让显而易见的事物变得一片朦胧。作为一名画像专家，我觉得变焦的原理同样适用于画像。目击者的记忆总是游离于虚实之间，对记忆的探寻犹如雾里看花，若想看到最真实的一面，只能不断地调整焦距——我将这一过程称为“记忆的变焦”。

当我一脚踏进电梯的时候，又不由自主地联想起变焦。

住院部十二楼1203病房，这是我要去的地方。

我即将面对的目击者是一个什么样的人——鬼知道呢？画像专家永远无权选择目击者，这是铁定的事。后者的认知习惯及观察的目的和动机各不相同——恐怕连他们自己都说不出个所以然。

在出发之前我只是习惯性地瞅了瞅电脑上的警情通报：这起案件发生在前天晚上十点左右，犯罪嫌疑人潜入某住户家中，持钝器将一名十四岁的女孩残忍地杀害，之后移尸卫生间。凶手正待逃离时碰巧跟回家的死者的母亲遭遇，随即又将后者打伤。死者的母亲名叫徐丹妮，现年四十岁。她就是我即将面对的人——既是目击者又是受害人。这很正常，在我所接触的案子里经常会出现这种情况。特别之处在于，通报上写着“受害人因头面部受伤暂不能自主表达”。对画像专家而言，一个不能开口说话的目击者无疑是一根难啃的骨头。当我继续往下看时，脑门不由地冒起烟来，不是因为目击者，而是因为杜凡——江岸分局刑警大队副大队长，一个长相精明油腔滑调的家伙。上次那起纵火案，他找到的目击者其实是个道听途说的臆想狂，我差点被对方带进沟里。画像三易其稿让侦查员无所适从，局长也对我冷眼相看。幸亏关键时刻真正的目击者主动现身，否则我真不知该如何收场。想到这次一起办案的又是此人，实在有些头疼。

在电梯门即将关上的时候，连连的喊声打断了我的思绪，紧接着一只手从门缝塞了进来——指头上挂着好几只方便袋，露出油条、豆浆、热干面之类的早餐。我连忙按下开门键，一位中年女士挤了进来。我问她去几楼，她回答说十二楼，于是我的手从控制面板上缩了回来。电梯上行，我的注意力习惯性地集中到她身上，她刚才伸进电梯的手上戴着一枚分量不小的金戒指，与项链、耳坠花色统一，似乎是一套，但款式似乎有些说不上来的陈旧，起码在我看来，跟她身上的碎花连衣裙不是同一时期的产物。至于她的相貌，属于那种能瞬间淹没在茫茫人海中的类型。如果非得说有什么相貌特征，要数她不太自然的上眼睑——留有双眼皮手术的疤痕。这次手术看上去并不成功，我想那应该是多年以前的事了，因为就当下而言，这种技术已经相当成熟。

“叮铃”一声电梯门开启后，我紧跟着她走了出去。当我俩一并站在1203病房的门口时，都有点明白了。

“你是受害人家属吧。”我说。

“可以这么说，我是丹妮的好朋友，”她看了一眼我手里的工具箱，笑了笑说：“你是画像专家吧。杜警官说你今天要来。看，我给你准备了早餐。”

推门看见杜凡。

“你们……认识？”他有点诧异。

“刚刚认识，”我说，“还不知道怎么称呼。”

“于红。”她干脆地回答说。一边绕到床头，麻利地清理床头柜上的东西。

病床上的人头上裹满纱布，只露出肿胀的眼睛。床头的病床牌上写着徐丹妮的名字。

“受害人昨天才从手术室出来，我跟医生好说歹说终于同意了探视，但只给了一个小时的时间。”杜凡说，“时间很紧，我先把案情介绍一下。受害人回家发现女儿的房门开着，地板上有血，随后听到客厅有响动，于是跑出来，正好跟犯罪嫌疑人遭遇。她看到了对方，所以我们想绘制一张犯罪嫌疑人的摹拟像。”

“只是她的头部多处受伤，包括下颌，暂时不能开口说话。”他接着说，“也许于红可以帮上忙，于红懂她的意思，知道她想说什么。”

“是这样。”于红在一旁说，“我们是多年的好姐妹，一起读卫校，一起分配到冶金医院，后来单位改制，又一起办理了提前退休手续。”

于红随即叹口气又说：“我们这代人可什么都赶上了，丹妮还经历了离婚，她老公挺会做生意的，后来有了外遇，还偷偷生了个儿子。好在他还有点良心，给丹妮留下了房子和一笔钱，还有筱茉……”

我发现，于红说话的时候右眼皮偶尔会神经质地颤动一下——似乎进一步证明了双眼皮手术的不成功。

“她们彼此之间非常了解。”杜凡说，“相信于红是个不错的翻译。”

“但愿如此。不过我想问你，你确信受害人看到了凶手吗？”我对上次的经历依然心有余悸。

“没错，是目击者昨天亲口说的——”随后他做了一个纠正的手势，“我的意思是，于红能读懂她的意思，她说犯罪嫌疑人穿着一件迷彩服。”

“是的，”于红证实说，“长袖的迷彩服。”

“长袖迷彩服？”

“没错，伙计，”杜凡抢着说，“对你来说绝对是小菜一碟，跟上次的纵火案相比，这次的条件要好得多……”

我瞪了他一眼，他知趣地闭上了嘴巴。

“你看到他了？——我指的是凶手。”我坐在床头右侧的折叠椅上。

受害人点了点头。之前我让于红调整了床垫的角度，让受害人保持一种半躺的姿势。

“好样的，丹妮！就这样，非常好。”于红鼓励说。她坐在我对面，正拿湿棉签涂抹丹妮皲裂的嘴唇。

相对于正常状态下面对面的沟通方式，这种三角形的位置关系看上去有点别扭，但只能这样。

至于杜凡，在接到一个电话后就消失了。也好，他在这里反倒显得碍手碍脚。

“你是十点左右回家的，你知道女儿在家里？”我问。

受害人点了一下头。

“筱茉今年读初二，九点钟结束晚自习，九点半准时回家。这个时间她刚回家不久。”于红解释说。

“大门当时是关着的？”

点头。

“你是拿钥匙打开……还是先敲门？”

受害人做了一个用钥匙开门的动作。

“开门后看到什么？”

摇头。随后指了一下天花板，又摆了摆手。

“客厅的灯没开，不过筱茉的房门开着，里面有灯光。”于红说。之后似乎意识到什么，又连忙补充说：“杜警官昨天问过这个问题，我在旁边。”

“然后呢？”我索性把问题抛给了于红。

“然后丹妮喊筱茉，筱茉没有回答，丹妮来到房间……”于红朝床头瞄了一眼，“就在这个时候，丹妮听到外头有动静，就急急忙忙地跑出来，看见一个穿迷彩服的人……”

“你的意思是，凶手当时就躲在屋里？”

“是的，凶手打算溜掉，偏偏这时丹妮回来了。”于红说，“凶手就躲在卫生间里。卫生间的门框上挂着一串风铃，凶手出来的时候碰了一下。丹妮是听到风铃的声音才从房间里跑出来的。”

“好吧，接下来呢？”

“丹妮想抓住凶手，凶手拿锤子狠狠地砸她，然后趁机逃走了。她挣扎着爬起来，之后来到卫生间，看见筱茉躺在里面……”

“你刚才说客厅的灯是关着的，在这种光线条件下，她能够看清凶手吗？”

“只能借助筱茉房里的灯光——是书桌上的台灯。”

“台灯？”我把视线转向床头。

受害人点头。

“房灯关着？”

又点了点头。

“是呀，我也怀疑……”于红的右眼皮又颤动了一下。

“你看见凶手穿着一件迷彩服，是吗？”我又问。

点头。

“裤子呢？”

摇头。

“鞋？”

“她没有注意这些。”于红插一句说。

我给于红递了一个眼神。我想让受害人自己表达。

随后我从工具箱里取出一只活页本和一只记号笔，将它们递给受害人，“你可以把答案写在上面。”

“首先，我想知道他的年龄。”我接着说。

受害人在本子上写了个阿拉伯数字——“20”。

“多高？”

本子被翻到另一页，然后写上“1.65”。

“体态？也就是胖瘦。”

受害人一笔一划地写了“中等”两个字。

“你能看清他的表情吗？”

受害人迟疑了一下，随后写了“惊慌”两个字。

“他看上去像哪种类型的人？我指的是身份或者职业，比如大学生、农民工，或者街头的小混混。可以从气质类型上加以区分。”

很清楚，我跟受害人的沟通就要进入主题了。构成一张脸的元素不仅包括具体的轮廓和形态，还包括相应的人格特征。从某种角度来看，所有的轮廓和形态都是为人格特征服务的，只有这样，一张脸看上去才会协调统一，才会与众不同。

受害人有些纠结，开始跟于红用肢体语言交流起来。几分钟后于红对我说：“她有点拿不准，当时光线太暗了，不过……她觉得像个小混混。”

“如果再看到这个人，你能认出来吗？”

复原看似简单，实际上蕴含着一种记忆测量方法，我们称之为“再认测量法”。简单地说，如果对方能够肯定地回答这个问题，证明他具备再认能力，由此推断——目击者的记忆中确实存在我们想要的那张脸。

点头。

“好吧，能告诉我——他的脸型吗？”

受害人用笔画了一个圆圈。

“圆脸？”

受害人摇头，随后将本子翻到另一页，重新画了一次。

“椭圆脸？”

受害人点了点头，接下来她在本子上写了一个字。

“白？”我说，“你的意思是——他的皮肤很白？”

点头。

“嗯，一张白白净净的脸……已经有点感觉了。”这么说的时候，一些意象在我眼前不停翻滚起来。我略微调整焦距，想让它们变得清晰一点。接着我又问：“就第一印象来说，这个人看上去有什么特别之处吗？”

受害人陷入思考，之后索性闭上了眼睛。

几分钟后，她的呼吸陡然急促起来，直至发出令人不安的喘息。

“好了丹妮，我们歇会儿，不想这个了好吗？”于红紧紧抓住对方的手，“别怕，我在这里……”

转而对我说：“她不能想这些，她受不了……要不等情况好一点再说，你觉得呢？”

“好吧，今天就到这儿，如果可以的话我们明天继续，”我起身说，“请放心，不会耽误很长时间。”

“明天还要继续？”

“对，顶多一个小时。画像的依据是记忆，它们随时都有可能被遗忘，或者污染。我们不得不抓紧时间。”

说完我跟受害人打了一个招呼。她渐渐平复下来。我发现，她的眼睛正死死地盯着我。

“有什么问题吗？”我问。

她将双手举在头顶，做了一个由上至下的手势。

我跟于红面面相觑。

“她的意思是……”我向于红求助。对方也一脸愕然。

受害人随即拿起记号笔，在活页本上很快地写了两个字，然后将本子递给我。

“头套？”我很惊讶。

受害人先是点头，然后又莫名其妙地摇头……

“头套……没有搞错吧丹妮？”于红问。

我在工具箱里翻找起来，随后将一本人像饰物图谱递给受害人。

她仔细浏览着，图谱里面有各式各样的帽子，还有一些要么花里胡哨要么稀奇古怪的饰物，包括像兔子耳朵的发卡、镶着钻石的独眼罩什么的。

她的目光最终停留在一只黑色头套上——跟侦查员实施抓捕时给犯罪嫌疑人戴上的头套非常接近，唯一的差别是多了两个窟窿……

我决定对现场进行实地测量。上车后我面色铁青，杜凡一边开车一边鬼鬼祟祟地瞄我，然后有一茬没一茬地闲扯。我懒得理他。

“伙计，你至少应该吭一声，现在车上只有我跟你。”他是个沉不住气的家伙。

“如果目击条件并不像你所说的那样，你应该负相应的责任，起码……你应该感到羞愧！”我说这话时杜凡正第七次瞄我。

“她说她看清楚了，她的确是这么说的。”杜凡说。

“你相信她有特异功能吗？能透过头套看清一个人的脸？”

“这我倒不敢肯定，不过，也许有其他的可能，比如打斗过程中受害人将凶手的头套拽了下来……”

“毫无可能！”我打断说，“受害人跟凶手根本没有发生肢体接触，她刚刚靠近凶手，脑袋上就重重地挨了一下——这都是你说的。”

“是的，没错。但谁也不能排除凶手在中途摘下了头套，就像小偷戴手套作案时，偶尔也会因为行动不便把手套摘下来。”

“你这是不负责任的狡辩！”我恼火地说，“我不相信在一个没有开灯的黑咕隆咚的客厅里能看清楚什么——尽管我没有到过现场。”

“现在还不是争论的时候，伙计，你先暂时消消火。”

我沉默了片刻，长呼一口气说：“你应该尽到一名侦查员的职责，摸清现场情况，核实目击条件，而不是整天晃来晃去。”末了又说，“你一点都不踏实！”

“你的批评过于严厉了吧，要知道我可没闲着，看到后座上的东西吗？头套和迷彩服，这些东西可不会像变魔术一样变出来。”他冲我挤了一下眼睛，“等看了现场再说，还没到发牢骚的时候呢。”

现场位于一栋临江的公寓。这里是所谓的富人区。

开门就闻到一股怪味，我想最初是血腥味，之后因为潮热渐渐变质了。

地上有现场勘查的痕迹，包括粘贴在地板上的足迹比例尺。

大门位于客厅的一侧，用玄关遮挡。对应的一侧是内走廊，连通四间卧室。另一侧是厨房和洗手间。

我们穿过内走廊来到筱茉的房间。里面窗帘紧闭。我把房灯打开，一眼看到了地板上的血滴——已经变成了深褐色。

杜凡指着书桌上的台灯和摊开的作业本说："这里应该是第一现场，看上去……筱茉当时正在写作业。"他拿起桌上的小相框，"看，多漂亮的小女孩。"

我没有理会，转身来到洗手间。正如于红所说，门框的正中央挂着一串紫色的玻璃风铃。洗手池旁边的马赛克地板上有用粉笔标记的人体轮廓，在头部位置赫然可见一片已经凝固的血泊。

"现勘队的弟兄说，丹妮回来的时候，凶手就躲在这里，当时筱茉已经死了——钝器打击，脑袋都变形了。"杜凡说，"门后有重叠的鞋印，凶手在这里待了一会儿。鞋印没什么价值——是拖鞋印——凶手进门后换了鞋。门框上有带血的纤维痕迹，凶手作案时戴着手套。"

杜凡像影子一样跟着我回到客厅。这里敞亮而豪华。

"你是第几次来这儿？"我问他。

"当天晚上来过，今天是第二次。"他问，"有什么问题吗？"

"我想知道确切的位置——受害人跟凶手在客厅遭遇的位置。"

他得意地哼了一声，随后从屁股口袋里掏出一张纸。

"不要忘了——这也是我最关心的问题。昨天晚些时候，等丹妮的状态稍稍好点后，我就核实了这件事。"

这是张随手勾勒的草图，准确地说是这套房子的平面图，两根红色的虚线特别明显——分别从卫生间和筱茉的房间延伸至客厅，最后在玄关附近交汇。

杜凡指着玄关前面的一块椭圆形地毯说："就在这里，她伸手想抓住对方，结果刚刚靠近，头上就重重地挨了一下。你看，这里有血滴。整个过程非常短暂，几秒钟而已。"

“好吧，”我朝他手里的东西努了努嘴，“现在你得委屈一下，咱们来演示演示。”

他将脑袋伸进头套时做了一个自认倒霉的怪相。

我将客厅的窗帘逐一拉上，然后来到筱茉的房间，打开书桌上的台灯。

当我听到风铃的声音后，立刻冲了出去……

我从地毯上爬起来，拍拍手说：“什么都看不清楚，除了你身上的迷彩服。”

“我也有同感。”他把头套摘下来，顺势擦了擦脸上的汗，“要不再来一次——不戴这鬼玩意儿？”

“不用了。我敢肯定，在紧张慌乱的状态下，受害人看到的只是一团黑影。”

“见鬼，这到底是怎么回事……因为受了刺激？或者极度的悲痛？”他摸了摸鼻子，“也许只是幻觉，让她误以为自己看到了凶手，其实根本没有这回事。对了，我想起来了，你曾经说过‘创伤后应激反应’的两种症状，一种是尽量让自己忘记这件事情，另一种则截然相反，会拼命地胡思乱想……丹妮显然属于后面这种情形。”

接着他不无沮丧地说：“很抱歉伙计，这的确是个错误，我原以为……现在看来……好吧，我接受你的批评，你批评得没错，我的确……不够踏实。”

我突然有点想发笑，不过没有理他，而是抄起一副勘查手套按了房灯的开关，重复了好几次。

杜凡先是不解地看着我，随后挠了挠脑袋，小心地问道：“难道房灯和台灯当时都亮着？肯定是的，这样客厅就敞亮多了。”

我们回到客厅，拉开窗帘后，我凝神于窗外，往远处望去，只看见一片朦胧的江景。在重重雾霾笼罩下，对岸的建筑露出依稀的轮廓。

“知道我为什么喜欢这个工作吗？对我来说，每一次目击活动和每一个目击者都全然不同，不仅需要启发和挖掘，更重要的是要从一团迷雾中寻找出真相——这是一件多么有意思的事情！”我看了一眼身旁的同伴，“现在，你是不是认为，我应该拎着箱子灰溜溜地滚蛋？”

“我可没有这么想，”杜凡说，“可是……就像刚才看到的，现场的目击条件根本达不到摹拟画像的要求，丹妮什么都没有看到，她脑袋里的那张脸与其说是记忆倒不如说是凭空臆想。我想问你：明天还要继续吗？”

我没有回答，只是突然问他：“爱玩相机吗？”

不用看我也知道对方的表情。我不想再卖关子了，这家伙今天也够受的。

“用相机拍照的时候我有一个体会，当你紧盯一个物体时，焦点也全部集中在这个物体上，而背景——还有周围的事物自然被忽略，变得一片模糊。同样，对记忆的搜索和甄别也是如此，不要紧盯某个看似重要的细节，要将它融入整体，跟其他的细节结合起来，”我做了一个变焦的动作，“不妨调整一下你的焦距，肯定会有新的发现。”

我身旁的家伙一头雾水地看着我。我拍了一下他的肩膀：“我想了解一下详细的勘查结果，我有个直觉，有些事情如果想明白了，画像不是难事。”

在灯下翻阅现场勘查笔录时我看了看手表，正好是晚上十点——跟案发时间相近。我下意识地朝客厅瞥了一眼，笔录上说，门窗未见异常痕迹，第一现场在筱茉的房间，第二现场在卫生间，筱茉身穿睡衣仰卧在地上……我突然有了一点灵感，但究竟是什么，还得再想想……

当我再次走进1203病房时，于红已经来了。她今天换了一只名牌手袋——只不过边角处磨得发白，看上去很陈旧。

“早上好！你今天看上去好多了，”简单寒暄后我绕到病床前，将笔和本子递给对方，“如果可以的话，今天还得耽误你一个小时的时间。”

“丹妮很早就醒了，她肯定会告诉你很多东西，”于红说，“我们一早就在讨论……”

“讨论？”我皱着眉头说，“要知道，我很忌讳这个词。”

“有什么不对吗？”她愣在那里，“我只想让她说得更清楚一点。”

“怪我没有提醒你，以后你们不要谈论跟案件有关的任何事情。”我说，“她的记忆非常脆弱，很容易被破坏。”

她没说什么，只是闷声不响地走到我的对面，然后坐下来。现在，三个人又回到了昨天的位置。

“有一点让我感到疑惑，你说你看到了凶手的脸，可又说他戴着一只头套，这不是自相矛盾吗？”我问受害人。

受害人迟疑了一下，然后做了一个抓握的动作。

“你把头套……拽了下来？”

受害人点了点头，之后在本子上写了两个字。

“短发？”

受害人掐起指头比划了一下。于红一旁解释说：“很短很短的板寸头。”

这是时下很流行的发型，尤其受小青年欢迎，修剪非常简单：用电剪平推，三分钟就能搞定。也许正是这样，看上去有点桀骜不驯的味道。

“你说得没错，凶手还真有点像个小混混。”我说，“好的，我想接着昨天的话题——他有什么显著的相貌特征？这点很重要，显著的相貌特征往往是记忆中最深刻的部分，也是最真实的部分。”

受害人指了指自己的眼睛。

“她记得凶手的眼睛。她说凶手长着一双三角眼。”于红说。

我将一本眼部图谱递了过去——没有递给受害人，而是直接递给于红。

于红很快翻到某一页，用求证的口吻问受害人：“丹妮，像这种眼睛……是吗？”

受害人随即点了点头。

我接过图谱仔细看了看。“没错，三角眼，看上去阴险狡诈。”我说，“不过，在这种椭圆脸型上出现三角眼的几率非常低。要知道相貌中的五官构件是依附于脸型的，它们的外部形态——宽窄、角度和体积，都取决于面部固有的框架，好比什么样的树结什么样的果，必须符合一定的客观规律。拿椭圆脸来说，出现那种又大又圆的眼睛的可能性要大得多，而且看上去更加和谐统一。”

面前的两个人默不作声了。接着我又说：“除此之外，五官构件必须跟人格特征相匹配，如果凶手是个白白净净的年轻人，一个小混混，那么，长着一双阴险狡诈的三角眼的概率简直是微乎其微。”

受害人用求助的目光看着我对面的人。

过了好一会儿，于红嗫嚅着说：“都过去好几天了，丹妮可能有点淡忘了，也许就像你所说的那样……”

她把头又转向受害人，“丹妮，你再好好想想……我怀疑……你是不是搞错了？”

受害人重新打开图谱……

等我再次接过图谱的时候，看到一双完全不同的眼睛——正如我所说的，一双又圆又大的眼睛。

随后是鼻子和嘴巴。它们看上去并无特别之处。

“专家同志，你现在可以动笔了吧？”于红说，“说心里话，我们想早点看到凶手的画像。”

“还没呢，”我摸着下巴说，“别着急，我想把所有的情况都搞清楚。”

“难道还有什么不清楚的吗？”

“坦率地说，昨天我跟杜警官对现场进行了测量，我们发现，仅仅借助筱茉书桌上的台灯散发出来的光线，根本无法分辨出一个人的相貌。”

停顿了一下我又说：“唯一的可能是房间里的房灯是亮着的。房灯的亮度比台灯强很多，经过走廊后漫射到客厅，光线虽然减弱了不少，但足以让人看清一张脸！”

受害人摇了摇头。

“房灯没开……还是记不清楚了？”于红这时紧紧握住对方的手，“丹妮，你再想想，房灯当时开着吗？”

受害人闭上了眼睛。

“她又开始犯糊涂了。”于红说，“前天我就问过这个问题，如果只有台灯，客厅里面什么也看不见。她肯定记错了……”

我做了一个手势，于红这才打住。

“让她休息一下，她看上去有点疲劳。”我说。

我来到走廊呼吸新鲜空气，看见杜凡站在走廊的另一端。他正在接听电话，于是我朝他走去。

“情况怎么样？”他收了电话问我。

“做了两个测试。”

“说来听听。”

“先说第一个测试，”我说，“在对五官构件进行确认的过程中，我抛出一个完全不同的观点。结果是受害人转而支持这个观点。作为支撑我讲了一些不着边际的道理——都是一些蒙人的鬼话。事实上，我说的这个观点是完全不成立的。

测试表明，受害人的易受暗示性非常强，这里面包括依赖、从众和对权威的服从。受害人还表现出极度的不自信。对来自于外界的干扰非常敏感，一个微妙的变化就能让她改变决定。

受害人对于红非常依赖。不止是当前，而是持久的、根深蒂固的，已经习以为常。她在回答每一个问题时都会顾及于红的看法，从不质疑或反驳。

这一弱点恰恰被于红抓住了。我认为后者的行为与其说是暗示或诱导，倒不如说是彻头彻尾的操控。”

“这点并不奇怪，”杜凡说，“据我了解，丹妮的个性很柔弱，而于红是个十足的女汉子，两个人的性格正好互补。再说，从读卫校到冶金医院再到现在，她们彼此太熟悉了，就像你说的，这种依赖是根深蒂固的。”

“我很纳闷。倒不是因为受害人，而是因为于红，她比我们更了解受害人。她知道对方的弱点，却有意诱导，似乎在放任某种结果的发生，显然具有某种目的。”

“那么第二个测试呢？”

“第二个测试可以说——是一个圈套。”

杜凡张了张嘴又咽了回去。我回头瞟了一眼，看见两名护士正推车走进1203病房。

当我再次进入病房，听到于红说房灯是开着的时候，我一点也不觉得意外。这个测试结果是我早已预知的。

我只是缓缓走到窗前，拉上窗帘。

“很好，”我对房间里的昏暗光线非常满意，“现在，让我们进入当时的状态。”

“那天晚上你是用钥匙打开大门的，客厅没有开灯，只有对面的内走廊透着光，是从筱茉的房间漫射出来的。看上去一切正常，说明筱茉已经放学回家，正在房间里写作业呢。

你在玄关换鞋，一边喊了两声“筱茉”。没有任何回应。这时你没有觉得有什么不对头，只是以为筱茉过于专心。然后你朝她的房间走去……你看见书桌上的台灯亮着，还有翻开的作业本……没有看见筱茉，你以为她去了卫生间或者阳台，不过你很快紧张起来，因为看到地板上的血，一滴，两滴，从椅子后面一直延伸到房门。

你感觉有些不妙，就在这时，你听到风铃的声音，你喊了一声筱茉，然后转身往外跑。

客厅的光线很暗，你看到一个模糊的黑影，正朝大门慌忙逃窜，你喊叫着冲了过去……”

说到这儿我停了一下。

“正如后来的现场测量，你的确看到了凶手——包括他身上的迷彩服，”我用平和的语调说，“不过，仅凭台灯发出的漫射光，根本分辨不出对方的相貌。”

“不对！我刚才说过，当时筱茉房里的房灯是开着的，”于红说，“丹妮看得很清楚！”

我“嚯”地拉开窗帘，阳光倾泻进来，让我的眼睛很不适应。当我回头的时候，看见于红的眼皮又不由自主地颤动着。

“人的眼睛具有自我调节的功能，骤然由明到暗或者由暗到明都会产生应激反应。假如像你所说的，丹妮从开着房灯的卧室突然进入漆黑的客厅，眼睛需要至少十秒钟的时间来适应——这段时间什么也看不见，这叫‘暗视场效应’。所以，我昨天提到的房灯开着，是一个十足的伪命题。不用丹妮回答，我也知道房灯当时绝对是关着的。”

于红脸色煞白，嘴唇紧抿着。这时，从床头传来轻轻的抽泣声。受害人用手指着于红，然后又指向自己……

“我想知道这到底是怎么回事。”我说。

“好吧，我不想再隐瞒了。”于红镇定地说，“就像你说的，凶手戴着头套。”

“这件事发生得太突然了。丹妮根本经受不了这种打击，因为筱茉是她的全部——完全可以这么说。她已经崩溃了，听说你要给凶手画像，又胡思乱想起来。她太想抓到凶手了，所以始终认为自己看到了凶手，其实那个穿迷彩服的小混混跟凶手是两码事，她把他们混为一谈了。

半个多月前的一个傍晚，我跟丹妮像往常一样在江滩散步，我们聊了很多家常，不知不觉从轮渡码头一直走到一片低洼的芦苇林，那里很偏僻，天快黑了，我们决定返回。就在这个时候，从我们身后突然冒出一个穿迷彩服的人，一把抢走丹妮肩上的挎包，之后撒腿就跑。我大喊一声追了上去，上高中时我是校田径队的，没几步就追上了，我想抓住他，结果把迷彩服给扯下来了，然后我扑上去，跟他扭打起来。

他戴着一只黑色的头套，把脸捂得严严实实的，估计怕被认出来，我一把拽下来，是个长得白白净净的二十来岁的小伙子。他慌了，拿挎包砸过来，之后就跑了。我没有追，因为丹妮的挎包在我手上，他什么东西也没有抢走。”

“这么说你也看到了这个人？”我问受害人。

“丹妮当然看到了，我们扭打的时候她就站在旁边，吓得浑身哆嗦，回家的路上还在不停地发抖，她胆子特别小。”于红说，“不要怪我迟迟没有说出真相，我只是不想伤害她，如果当面揭穿的话，对她来说又是一次打击，我不能这么做……”

说完她把脸深深地埋进手里。

我看见泪珠从受害人紧闭着的眼角滚落下来……

“当丹妮在本子上写下‘头套’时，我就意识到确有其事。”我摩挲着下巴说，“她在客厅看到了凶手，一个穿迷彩服戴头套的人——跟半个月前试图抢劫的小混混简直一模一样。说到这儿我不禁想问，在那次抢劫事件中，小混混遗落在现场的迷彩服和头套——它们在哪里？”

“我把它们捡起来，然后塞进包里，我跟丹妮原本打算报警，把它们交给警察，不过后来改变了主意。”于红说，“回家后它们被我扔进了垃圾桶，有什么问题吗？”

我冷冷地看着于红，她移开视线，拿手掖了掖被角。

“两起案件中的犯罪嫌疑人有着相同的装扮，难道你不觉得蹊跷吗？”杜凡问道。这家伙不知道是什么时候溜进来的。

“也许两起案子都是那个小混混干的。也许丹妮被他盯上了，她总是一身名牌，喜欢把自己打扮得珠光宝气。”于红的声音里透着一丝慌乱。

“哼哼”，我冷笑了一声，“就像你刚才说的，凶手这么做的目的只有一个——那就是转移视线——让丹妮和警察都误以为两起案子是同一个人干的。如果没有猜错的话，半个月前你从江滩捡回来的迷彩服和头套并没有被扔掉，它们后来派上了用场，被凶手当作伪装。”

“你……你是什么意思？”于红瞪大了眼睛。

“我一直感到奇怪，筱茉身穿睡衣在卧室里被袭击，现场门窗完好。一位少女在穿着睡衣的情况下会让谁进入自己的卧室？于红，作为丹妮和筱茉最亲近的人，你帮我们想想！”

“你是什么意思？你这是血口喷人!”于红的脸转而变得通红，全身也紧绷起来。她朝床头看去，受害人一边痛苦地呜咽着一边伸出手，颤颤巍巍地指着她。

这是谁都不想看到的一幕。

“你已经丧心病狂，至于你的作案动机我还不敢妄下结论，不过我们很快就会搞清楚的。”我朝病床靠近了一步，同时给了杜凡一个眼神。

于红的眼珠子滴溜转动着，最终停留在床头柜的边沿，那儿放着一把水果刀。她猛然伸手——但晚了一步，杜凡敏捷地将她扑倒在地。

再见到于红是一周之后。她戴着手铐坐在对面，冲我惨淡地笑了一下：“你不是想知道我的作案动机吗？我现在就告诉你。”

“我身上的裙子是丹妮的，是她穿过的旧衣服，脸上抹的也是丹妮的，是快要过期的化妆品。我们是老同学，也是好朋友，从认识到现在足足有二十五年的时间。但我时常觉得，我更像一个小跟班，召之即来挥之即去，帮她拿这拿那，跑上跑下；又像一个保姆，帮她打扫卫生接送孩子。她喜欢跟我在一起，也许是一种需要，因为只有我才能衬托出她的美丽和高贵，还有她的富有和慷慨。我的确不如她，什么地方都不如她，但我真心看重我们之间的情分，从没把这些琐碎小事放在心上。后来我渐渐发现，对她来说我只是一块破抹布。破抹布，就是这样。也许你不知道，我和丹妮还有一个同病相怜的地方，我们都是单亲母亲，孩子是我们唯一的指望。我儿子挺争气的，在上海上大学，不过去年夏天这孩子惹

上点事儿，别人要他赔一笔钱，我凑来凑去还差一点，所以向丹妮开口，你知道她怎么说，她要我把房子作抵押。我同意了，可她坚持要等手续下来才给我钱。我能等，可我儿子等不了，等我拿到钱的时候接到的是警察的电话，我儿子……他竟然……竟然自杀了。”说到这儿她已经泣不成声了。

“杀了徐丹妮的孩子，难道你的孩子就能回来吗！”我把纸巾递给对方。

“我要让她也尝尝这种滋味，这种剜心的痛。那天九点多钟我去的时候，看着筱茉在台灯下写作业……平时我经常接她放学，给她做好吃的，把她当自己的孩子一样看待。我确实犹豫了。可你知道吗，当她扭头看我的时候，那种轻蔑，还有厌恶，就像看到一只脏兮兮的癞皮狗！我……”

把一切说完后于红沉默了，眼里没有了泪，反而呈现出一种释怀后的坦然。

在被带离时她突然扭头问我：“丹妮……她好些了吗？”

我没有回答。身体的伤痛可以治愈，那么心上的呢？

出门后我上了杜凡的车。

“那天你身手挺不错的。”我说。

“伙计，这可是头一次听你表扬我。”接着，他有些酸溜溜地说，“没想到……到手的山芋被一个画像专家给抢走了。”

“什么意思？”

“其实……我早就盯上她了。”他露出一丝坏笑，“第一次走访的时候她脱口而出，说凶手的作案工具是把锤子。而事实上，法医仅仅推断是一种钝器，所有的侦查员也是这么认为的，包括我。后来我跟法医探讨，法医认为锤子的可能性非常大。”

“看出来了，现场测量后你以为我会撂挑子，没想到我就是赖着不走。”我说，“你一定很烦，怕我抢了功劳。”

“没错，你根本没有打算画像，你甚至没有碰过你的画笔。”他说，“你想把那套‘变焦’的理论在我面前显摆一下，当然，你成功了，对此我无话可说。”

“如果一名画像专家只善于运用手里的画笔——那他肯定不是一名优秀的画像专家。”我不无得意地说。

黄灯闪烁后红灯亮起，杜凡踩了刹车。

“周末我想出去拍几张照片，不知道你有没有兴趣。”

“我可没你那么悠闲快活，不过……听起来好像很不错，学画像为时已晚，学学‘变焦’倒是很有必要。好吧，那就一言为定！”

绿灯亮了，车子又继续前行……

后记

我想感谢犯罪现场。作为一名刑警，我的职业生涯始终跟犯罪现场联系在一起，是各种各样的犯罪现场给了我灵感和提笔的冲动。

但最让我感兴趣的不是对现场的重建或再现，而是犯罪嫌疑人为什么要犯罪，为什么要不顾一切地实施杀人、诈骗、盗窃等行为。

就像写作一样，一个人铤而走险去犯罪，其内在的动因只是为了把控现实或者增强自己把控现实的能力，而不应该单纯地归咎于某种欲望。

我想说的是，在现实面前，每个人都很渺小。

2016年10月